ON VA BOUGER CE PUTAIN DE PAYS

DU MÊME AUTEUR :

Romans

L'Histoire de Sam ou l'avenir d'une émotion, Flammarion, 2020.
La Recherche de la couleur, Stock, 2012 ; J'ai lu, 2015.
Les Aimants, Stock, 2009 ; J'ai lu, 2012.
Avant, pendant, après, Stock, 2007 (prix Roger-Nimier) ; J'ai lu, 2014.
Physique, Stock, 2005 ; Le Livre de Poche, 2006.
Depuis toute la vie, Grasset, 2000 ; Pocket, 2002.
Le Lycée des artistes, Grasset, 1992 (prix de la Vocation) ; Le Livre de Poche, 1995.
La Mélancolie des fast-foods, Grasset, 1987 ; J'ai lu, 2010.

Récits

Un problème avec la beauté. Delon dans les yeux, Fayard, 2018 ; Le Livre de Poche, 2021.
À côté, jamais avec, JC Lattès, 2016 ; Le Livre de Poche, 2018.
Les Inoubliables, Flammarion, 2014 ; J'ai lu, 2016.
La Mort de Jean-Marc Roberts, La Table Ronde, 2013.
Renvoi d'ascenseur, La Table Ronde, 2003 ; Mille et une nuits, 2005.
Mariage à la parisienne, National Geographic, 2002.

Biographie

Reiser, Grasset, 1995, nouvelle édition en 2003.

Anthologie

Au Marbre, de Guy Dupré, Françoise Sagan et François Nourissier, Quai Voltaire/ La Désinvolture, 1988.

Jean-Marc Parisis

On va bouger ce putain de pays

roman

Fayard

Couverture : Nuit de Chine

ISBN : 978-2-213-70536-1

Je me souviens, l'appartement de la rue de la Chaise, près du Bon Marché. Les murs blancs à moulures, l'odeur de café et des smoothies à la fraise. La fontaine et le jardinet dans la cour intérieure. Le quartier général pour la campagne des primaires du Parti socialiste en 2006. Un petit groupe de garçons et filles, 20-30 ans, dévoués corps et âme à l'ancien Ministre, au Professeur, à l'Agrégé, à l'Économiste, à notre « dieu », Richard Eleski.

Il débarquait, le costume froissé, le cheveu en bataille, se posait, les reins lourds, dans son fauteuil Empire. Vidait un grand verre d'eau, nous fixait de ses yeux pochés et pénétrants… « Il faut chercher les angles morts, mes petits. Les prélèvements obligatoires et les impôts, cela n'a rien à voir. » On prenait des notes, raturait, surlignait. Parfois, ça chauffait… « Si je n'ai pas ce rapport demain, je vous coupe les couilles. » Au bout d'un moment, il regardait sa montre, se levait de toute sa masse, repartait, on ne savait où. Laissant des deux côtés du fauteuil ses mentors en communication, la fashionista rusée Pénélope Pradat et l'intellectuel Claude Lécharpe de la Fondation Léon-Blum. Deux salariés du groupe BHVA, experts en ventes de discours et placements d'idées, qui rivalisaient d'ingéniosité… « Ne jamais parler de la réalité. Ne jamais parler de la vie. Bien les connaître, ne jamais en parler. Les contourner. Prendre la parole, jamais le sujet. — Inverser, déplacer, colorer, éluder, biaiser, dilater, mentir sans mentir. » Pourquoi mentir ? On pouvait toujours faire mieux.

J'avais 20 ans. Ma famille habitait dans le Loir-et-Cher. Blois. Mon père, blésois de souche, enseignait la philosophie dans un lycée de la ville. Ma mère travaillait dans une compagnie d'assurances avec du sang espagnol dans les veines ; sa grand-mère antifranquiste, réfugiée à Blois pendant la Retirada, avait épousé un infirmier des Grouëts. Après le baccalauréat, j'étais venu à Paris pour étudier à Sciences Po. C'est là où j'avais rencontré Richard Eleski, on discutait parfois avec lui à la fin de ses cours d'économie politique… « Je suis socialiste. Je suis social-démocrate de conviction. Si j'étais président ?… Eh bien, je ferais porter l'effort sur la formation, j'ouvrirais un droit nouveau, permettre à chacun de se reformer à un moment de sa vie. » La rue Saint-Guillaume et la rue de la Chaise se touchaient presque. Un jour, j'avais sonné à la porte du QG d'Eleski. Julien Bidard, l'un de ses assistants, m'avait reçu. Trente ans, bien plus âgé que moi, Bidard, mais encore assez jeune pour se distancier du socialisme social-démocrate, formateur ou non... « De vieux mots, rassurants par leur usage, leur usure. Le débat public réclame des références, même obsolètes. Mais Richard Eleski, c'est bien autre chose, de plus aventureux, de plus excitant. Crois-moi. » Eleski avait le corps, la voix, l'intelligence, la culture, la profondeur d'un homme qu'on pouvait croire. Un Européen, parlant l'anglais, l'allemand, l'espagnol, l'italien. Un Moderne, précurseur du blog politique en France, malgré ses 50 ans bien tassés. Ça nous allait bien, nous, millénials du troisième millénaire, décidés à sortir de la sale histoire du XXe siècle par les nouveaux outils numériques.

Malgré les meet-up entre blogueurs et militants et les discours de la méthode Lécharpe et Pradat, Eleski s'est crashé à la primaire socialiste. Aplati par la présidente de Poitou-Charentes, Mme Démocratie-Participative. Si participative qu'elle avait refusé de débattre avec lui. Si mauvaise que Mathieu Carchère a gagné la présidentielle et soutenu la candidature d'Eleski à la direction du Fonds monétaire international. La bande de la rue de la Chaise s'est dispersée. Bidard a rejoint son Ardèche natale pour se relancer dans la politique locale. Moi, j'ai passé mes diplômes à Sciences Po, entrepris un voyage d'études à Barcelone, fréquenté l'université Pompeu-Fabra, l'une des meilleures en matière de sciences politiques et de communication. À mon retour à Paris, je suis entré chez BHVA (sur recommandation de Lécharpe), où j'ai gravi tous les échelons du conseil. Wording, drafts, story-telling, rapports pour patrons du CAC 40, coaching de chefs d'État du tiers-monde, etc. Ma petite amie de l'époque, interne en médecine, me traitait gentiment d'imposteur… « Tout ça, c'est de la pub, de la com, de l'enfumage. — La pub, c'est la poésie des pauvres. La com, celle des cadres. Rien à voir avec mon job. Je m'occupe d'Expertise et de Stratégie. »

La stratégie consistait à ne pas lâcher Eleski, de plus en plus socialiste de droite à Washington, de plus en plus déroutant aussi dans sa gestion du désir et de l'ennui loin de Paris. Pradat a pris le premier vol pour déminer l'affaire de l'économiste danoise harcelée au FMI. J'ai fait ce que j'ai pu pour distraire la presse à Paris : recadrage du contexte, attente dilatoire d'éléments nouveaux, rappel de la présomption d'innocence, sanctuarisation de la vie privée. Malgré ses dragues sauvages, Eleski restait la personnalité politique préférée des Français pour la présidentielle de 2012. Et cette fois, le terrain de la primaire était dégagé, la grande famille sociale-démocrate ne proposant qu'un panel de seconds couteaux, dont Henri Boulende, l'ex-concubin de Mme Démocratie-Participative. Pour fêter les 60 ans d'Eleski, on lui a offert une photo du président américain de la série *The West Wing* dédicacée par l'acteur : « Au futur vrai président de France. Good luck ! » On pouvait toucher Martin Sheen, on pouvait toucher n'importe qui avec la carte Eleski. Il allait bouffer Boulende puis Carchère. Bidard et moi, on le voyait déjà à l'Élysée, et nous avec.

Et puis voilà, deux mois avant l'annonce de sa candidature, Eleski menotté, encadré par des flics sur un trottoir de New York, conduit au commissariat de Harlem pour agression sexuelle sur une femme de chambre dans un hôtel. Éjaculation américaine, retrait de la course à la présidence française. Bidard en a pleuré de rage… « C'est un complot. Les mecs de Carchère sont de mèche avec les types de l'hôtel ! » J'ai repassé le film à l'envers, repensé à ces cinq années au service d'Eleski, au crédit qu'on lui accordait, aux espoirs qu'il suscitait, à ses propres angles morts, aussi, aux défauts de ses qualités. Sa superbe, son intelligence, sa désinvolture, son mépris du jeu politicien, des arrivistes, des parvenus, son côté je les emmerde, je me fous d'eux, je me fous de tout, finalement. On s'est brièvement parlé au téléphone après son retour des États-Unis. Sans évoquer l'épisode de l'hôtel, mais j'ai compris à demi-mot, à ce ton de fatalisme amusé que je ne lui connaissais pas ... La seule vérité, le plaisir. Ce qui résiste à la péremption, à l'ennui, à la fatigue des idées, le plaisir, mon plaisir... J'ai raccroché sans lui dire ce que j'en pensais, que le plaisir de l'un sans le plaisir de l'autre, c'était problématique, et que, même quand le plaisir se partageait, il aurait pu s'en passer parfois, se retenir ou se faire plaisir tout seul, c'est plus rapide, plus sûr, quand on ambitionne l'Élysée, au lieu de nous menacer de nous couper les couilles si on n'avait pas le bon document ou de nous envoyer des synthèses à vérifier le samedi soir, à une heure où on aurait aimé embrasser une fille gentiment, dormir dans son parfum pour chasser la fatigue de la semaine. Pendant cinq ans, Eleski nous avait pris pour des cons, de jeunes cons. Il nous avait menti, n'avait jamais engagé toute son intelligence, sa culture, sa puissance dans la conquête présidentielle. Il dépensait une partie de son énergie ailleurs. Déjà en 2006, Mme Démocratie-Participative en voulait plus que lui, et elle l'avait ratatiné. Je l'entendais encore, l'ancien dieu Eleski ... « Il n'y a pas de baguette magique. Les moyens de la croissance reposent sur la confiance. » Ne plus jamais faire confiance à un type de plus de 40 ans. Ne jamais s'aveugler sur les charmes d'un mâle du vieux monde. Bidard s'inquiétait de l'avenir... « Tout sauf finir en fond de capotes du PS. » L'image était inappropriée.

Cyril Crâmon, je le croisais parfois à la Fondation Léon-Blum, le think tank de la gauche moderne. Bonjour, bonsoir. Toujours pressé, la trentaine juvénile, lisse, ondoyante, immatérielle, hologrammique. Il semblait sortir d'un écran, impression augmentée à l'écoute par une tessiture synthétique, un vibrato de publicité. Un homme proche du clan Boulende, l'autre courant, la rive gauche du Parti socialiste. Disons moins marqué à droite qu'Eleski. Énarque, banquier d'affaires chez Weill. Millionnaire, disait-on, après un deal faramineux entre une multinationale agroalimentaire et le groupe pharmaceutique Canzer. Ce soir-là, à l'issue du dîner de la Fondation à l'Automobile Club de France, dans le salon où l'on sert les cafés, il pose sa main sur mon épaule.

— Quentin, ça me fait plaisir de te voir ! Comment te sens-tu ?... Incroyable et tragique, ce qui arrive à Eleski. En même temps, il est solide, il en a vu d'autres. Il s'en remettra. On aura besoin de ses talents si Boulende est élu. Et plus encore s'il ne l'est pas.

Le « on » en bouche de Crâmon est toujours incongru. Je m'étonne.

— Tu comptes te lancer en politique ?

— Chez les Gérontes du PS ? Je ne cotise plus depuis deux ans. Je ne veux pas avoir à m'excuser d'être un jeune mâle blanc diplômé. D'ailleurs le diplôme dont je suis le plus fier, c'est le concours général de français à Amiens. Tu es de Blois, je crois ?

Renseigné. La fraternité provinciale.

— Blois, la ville du Louis Lambert de Balzac...

Et le voilà parti sur des romans qu'il avait écrits, qu'il publierait peut-être un jour... « L'un se passe en Amérique précolombienne, dans le goût de Jacques Chirac pour les arts premiers. Il faudrait l'actualiser évidemment. » Des Incas, il a glissé à la nouvelle économie, et des start-up à *Faites entrer l'accusé*, ponctuant ses propos en me serrant le poignet, le bras, l'épaule, la nuque, comme pour donner prise aux paradoxes affleurant à la surface de sa logorrhée. Cyril Crâmon, l'homme des sincérités successives. On pouvait le croire à condition de ne pas lui faire confiance. Lui faire confiance à condition de ne pas le croire. Un spectre plus large, plus intéressant qu'Eleski. À suivre.

Une femme blonde en slim de cuir noir et blazer gris s'est avancée vers nous d'un pas de danseuse.

— Béatrice, je te présente Quentin Ixe, un jeune homme plein d'avenir.

Prunelles bleues, jambes fuselées, des airs d'Agnetha, la chanteuse d'Abba, le groupe préféré de ma mère. Mais plus âgée et plus jolie que ma mère. Surprise, léger recul de ma part au moment de lui tendre la main. Qu'elle remarque en décrochant un dixième de seconde son sourire, large sourire qui n'en finit pas, me jauge, m'interroge, me défie. Ce désir dans vos yeux, c'est pour moi ou pour mon mari ?

Le mari en profite pour gober les petits chocolats servis avec le café.

— Cyril, lâche ces trucs ! Je ne veux pas que tu manges ces saloperies.

Crâmon repose ostensiblement la mignardise dans la coupelle.

— C'est toi qui as toujours l'air d'avoir un bonbon en bouche !

Ils éclatent de rire tous les deux. Un petit groupe de sociaux-démocrates se retourne, surpris par cette joie, cette complicité.

— On est au théâtre, dit Crâmon. Baba a été ma prof de théâtre à Amiens.

Elle lève les yeux aux lustres du salon. Gorge sable, satinée. Tout ce temps sur elle, qui la dessinait, la précisait, rendait son mari d'autant plus opaque. À côté d'elle, c'est lui qui semblait le plus vieux, sans âge, vitrifié, avec sa voix de pub et son costume bleu roi.

— On va se revoir, Quentin. Je t'appelle.

Crâmon m'a contacté quand il est devenu secrétaire général adjoint de l'Élysée sous la présidence Boulende. Il avait quitté la banque. Ma jeunesse, ma souplesse, mes succès dans l'Expertise et la Stratégie chez BHVA, mes connexions, mes dîners en ville l'intéressaient. J'allais souvent le voir à l'Élysée, dans son petit bureau au second étage. Derrière son fauteuil, entre les deux fenêtres, encadrée au mur, une punchline lithographiée d'un certain René Char : « Impose ta chance, serre ton bonheur et va vers ton risque. À te regarder, ils s'habitueront. » À deux, trois reprises, j'avais eu l'occasion de les regarder, Béatrice et lui, quand elle passait le chercher sur le chemin d'une pièce de théâtre. Elle le serrait de près. J'étudiais l'attelage, l'équilibre des forces en présence, leur singulière harmonie. La grande différence d'âge conférait à chacun une autorité selon le moment, le sujet, la personne abordés. Pour Béatrice, certains codes sociaux échappaient à son mari, surabondant de jeunesse et d'énergie… « Cyril, là, tu manques de psychologie. Tu ne peux pas lui présenter le dossier de cette façon. Il va péter un câble. (Elle parlait de Boulende.) — Tu as raison, Baba, mais en même temps, il faut le bouger, le pépère ! Quentin, tu pourrais adoucir un chouia le préambule ? — Bien sûr, Cyril. » Béatrice avait souvent raison sur la forme, la psychologie. Elle se souciait des effets, des retombées, de la réaction des gens, se montrant sur beaucoup de sujets plus conservatrice que son mari. Crâmon, c'était l'action, la tactique, l'art des conjonctures, des conjectures, un flair très personnel de l'air du temps. Il reprochait parfois gentiment à Béatrice de n'être pas « en phase avec la modernité », de manquer de « culture du présent ». Faille repérable dans le champ lexical de sa magnifique épouse. Ancien professeur de français et de latin, Béatrice n'aimait pas le mot start-up.

— Ça fait pin-up, huppé. Les trois quarts des gens ne comprennent pas.

— Ils devront s'y faire. Les start-up ne datent pas d'hier. IBM était une sorte start-up en 1911. La France manque de culture managériale. Qu'en dis-tu, Quentin ?

— Pour start-up, il n'y a malheureusement pas de synonyme.

— Bien sûr que si, dit Béatrice. Il y a « jeune pousse ».

Crâmon pouffe comme un collégien.

— Pourquoi pas « engrais » ou « arrosoir » ? Gros yeux de Béatrice.

— Excuse-moi, Baba, mais c'est trop drôle ! Hein, Quentin, c'est comique, non ?

— Jeune pousse, c'est frais, écologique. Mais start-up, ça bulle, c'est effervescent, sensuel presque. Ça donne envie.

Regard espiègle de Béatrice.

— Si Quentin le dit.

Théâtre.

Quelques mois plus tard, dans son bureau, Crâmon est livide, remonté.

— Boulende ne veut pas de moi dans le nouveau gouvernement. Au prétexte que je n'ai jamais eu de mandat… Je ne l'oublierai pas. Pour l'instant, je me casse. En entrant à l'Élysée, j'ai divisé mes revenus de banquier par dix ou quinze. Je claque un pognon de dingue avec Baba.

— Alors start-up ?

— Start-up !

— Enseignement à l'international. Conseil. Stratégie…

— Tout ce qu'on veut !

Cet été-là, les Crâmon sont partis en Californie. Crâmon souhaitait visiter la Silicon Valley en passant par Stanford et Berkeley. Béatrice aurait peut-être préféré les rivages crétois, où je suis parti recharger mes batteries avec une amie tout en gardant le contact avec lui par e-mail. Ce projet de start-up avançait. On le bouclerait à son retour. Les aventures de la social-démocratie en ont décidé autrement. Le vent a tourné. En août, Boulende a subitement nommé Crâmon ministre de l'Économie. Remember Eleski. Forget the start-up. Bravo Crâmon, bienvenue à Bercy. Où je l'ai suivi avec mes éléments de langage, ma panoplie de stratège.

Revenu de son conseil municipal ardéchois, Bidard s'était posé en douceur dans un cabinet du ministère de la Santé socialiste. Il s'était marié à Privas, en avait ramené un enfant. On déjeunait ensemble de temps en temps dans une brasserie proche de l'École militaire. Il me rapportait les bruits qui couraient… « Béatrice Crâmon t'a pris en grippe. Elle trouve que tu phagocytes son mari. Elle se méfie de tes ambitions. Elle voit en toi un rival. D'autres disent que tu es amoureux de Crâmon, que tu bandes pour lui. » Je connaissais la source de ces rumeurs, je souriais, laissais Bidard à son diagnostic de cabinet médical… « Béatrice n'aime plus la jeunesse. Elle a eu sa dose. »

C'est pourtant la jeunesse qui a lancé Cyril Crâmon. La meilleure, la moins polluée, la jeunesse provinciale, la sève des territoires.

À commencer par les cinq mousquetaires de la bande d'Angers, anciens étudiants en droit eleskiens. Un boulot monstrueux. Buzz sur internet, levée de fonds, application de démocratie digitale. En bons socialistes de droite, ils ont même détourné un logo du *Monde*. C'est la bande d'Angers qui a viralisé la marque, le label Crâmon. Jeune, intelligent, brillant, charmeur, moderne, féministe, hors norme, disruptif, messianique. « On va bouger ce putain de pays ! »

Dans son bureau à Bercy, devant la photo sur chevalet de Boulende, Crâmon laissait dire et faire ces cadets qui lui ouvraient la voie du grand Contournement, l'expérience de la Politique à ses conditions. Il attendait le moment de catalyser toutes ces énergies dans un parti. De mon côté, je réfléchissais au nom de ce futur mouvement, je le voulais cinétique. En Route ? En Marche ? Vite la République ? Crâmon a décidé… « En Route, ça sonne bien. On garde le côté scout, éclaireur, matins qui chantent d'En Marche, mais on met la gomme. On trace sur les chapeaux de roue la route du Nouveau Monde. » En adéquation avec l'événement fondateur du mouvement : une Grande Marche (reprise de l'idée en slow motion) à travers le pays, pour une palpation du pouls citoyen, un grand check-up national. Les outils numériques avaient progressé depuis l'époque Eleski. Une start-up de stratégie électorale avait analysé les données de l'Insee, les résultats électoraux par bureaux de vote et sélectionné 6 000 quartiers. Grâce à un logiciel, les 4 000 Routeurs volontaires savaient où ils allaient sonner : 100 000 questionnaires distribués au porte-à-porte et à remplir sur une application dédiée. On « désintermédie ». Qu'est-ce qui marche en France ? Qu'est-ce qui ne marche pas ? Votre meilleur moment et votre pire moment en 2015 ? Vingt-cinq mille réponses dépouillées par algorithmes, soumises à des avis d'experts, des rapports de think tanks, qui partageaient nos idées. « On va bouger ce putain de pays ! »

Qu'est-ce que c'était pour moi, ce pays, à 30 ans ? Qu'est-ce qu'il représentait ? D'abord des couleurs, des odeurs, des sensations d'enfance. Les pavés pentus de la venelle des Papegaults à Blois, les promenades avec ma mère au parc de la Roseraie, les concours de ricochets sur la Loire avec les copains de la cité scolaire Augustin-Thierry (un château plutôt), la cime du mont Blanc en février, la dune du Pyla en été... Et dans ce tableau de fils unique né chez des conteurs, les échos de la tradition orale familiale. Les souvenirs d'un grand-père paternel né avant la crise de 1929, son apprentissage dans l'ébénisterie à Paris, ses « fredaines avec les gisquettes » du Faubourg-Saint-Antoine, sa Résistance dans les Forces françaises de l'intérieur... « Rien de plus subtil, de plus rigoureux, que de vivre à son idée, à ses idées. La liberté, c'est tout un art, une mécanique de précision. À l'origine du fascisme, il y a toujours un manque de rigueur. Ne mens jamais, mon petit. Sauf par amour. » Mon grand-père, un livre ouvert, vivant, jusqu'au bout… « Les gens ont peur de la mort parce qu'ils n'y croient pas tout à fait. Ils se disent que morts, ils vivront encore leur mort, éternellement. D'où leur terreur, leur effroi, leurs religions. Moi, j'ai bien vécu la vie. Je me suis bien battu, j'ai bien travaillé, bien rigolé, bien aimé ta grand-mère, je vivrai bien ma mort, car j'y crois entièrement, à la mort. » Mon grand-père faisait toujours bien les choses, à sa façon. Il est parti dans son sommeil, il a rêvé sa mort.

Après son décès, mon père a pris le relais du récit familial. Un autre style, un autre air. Les années 70… Les films de Sautet, de Melville. Les jambes de Romy, les yeux de Delon. La cigarette au « restau ». Les « gueulantes » du premier secrétaire communiste Marchais : « Mais c'est un *squendaaale* ! » Les femmes qui ressemblaient à des femmes qui ressemblaient à ma mère. *Les Dossiers de l'écran* : « On apprenait des choses à la télé. » On s'engageait, on défilait, on y croyait… « Les enterrements de Sartre à Montparnasse et de Pierre Goldman au Père-Lachaise, tu aurais vu cette ferveur ! Ça ne nous empêchait pas de nous marrer avec Coluche, ni de poétiser avec les chansons de Christophe… *Les Mots bleus*… *Les Paradis perdus*… *La Dolce Vita*… »

Il en était toujours là, le prof de philo pour classes de terminale de Blois, incrusté dans les reliefs de son « monde d'avant ». « D'avant quoi, Papa ? — D'avant la trahison mitterrandienne de la gauche, je ne vote plus depuis 81, d'avant le sida, les principes de précaution, le politiquement correct, l'internet, les chaînes d'info continue, le présent perpétuel, la transparence et le flicage généralisés. » Je l'écoutais en pianotant sur mon Nokia 3410 offert par ma mère à Noël, ça l'agaçait… « Dans les années 60, les ordinateurs étaient gros comme des frigidaires. Au nom de la liberté individuelle, contre IBM, l'État et les banques, les geeks hippies ont inventé l'ordinateur personnel. Aujourd'hui, il tient dans une poche de Levi's, et tu l'as dans le cul. Tu ne peux plus t'en passer. La technique est devenue prothèse, tyrannie. Tu saisis l'ironie, mon garçon ? Lis des livres plutôt ! »

Pas de livres, l'écouter me suffisait. Et non, je ne saisissais ni l'ironie, ni cette histoire de « monde d'avant ». Monde d'avant, monde d'après, c'était du pareil au même pour moi. Je l'avais appris en cours de physique, la flèche du temps file droit, sans cassure, et c'était tout le drame de ma génération. Transpercée, évidée par la course de la flèche, elle payait cash l'addition des plaisirs, des excès, des vanités des boomers. Ils avaient salopé la planète, pollué les océans, négligé les alarmes de la science, nous léguaient des milliards de tonnes d'ordures sur Terre et de CO_2 dans l'atmosphère.

À Blois, des camarades de lycée avaient baptisé leur groupe d'ambient music « Nés Chômeurs ». En terminale, une folle asthmatique menaçait père et mère d'un procès pour l'avoir fait naître dans un monde irrespirable. Non, il n'y avait pas d'avant et d'après, pas de rupture temporelle. Hier avait enfanté aujourd'hui, et comme ces parents toxiques qui ne cessent pas d'empoisonner la vie de leur progéniture, le passé continuait à se diffuser dans le présent, à l'infecter, le pourrir. La nostalgie et l'hyper-criticisme de mon père me déroutaient d'autant plus qu'il mêlait à ses discours beaucoup d'affection, de drôlerie, de pertinence, aussi, sur des sujets très actuels. Mon père était aimant et intelligent. Mais après le baccalauréat, j'avais quand même fui à Paris, à Sciences Po.

Moi et mes copains d'En Route, on révoquait le monde d'avant comme le monde d'après, qui n'était que le monde d'avant qui n'en finissait pas, qui grimaçait toujours dans son perpétuel jeu de rôles droite-gauche, son théâtre politique croulant, tragique. Qu'est-ce que c'était pour nous ce pays aujourd'hui ? Pour le dire techniquement et résumer mon mémoire de Sciences Po : une combinaison létale de bureaucratie communiste et d'appareil de reproduction des élites parisiennes bourgeoises. Un mouroir, un asile. Tout était à congédier, à réinventer, dans cette France schizophrène qui délirait sur son passé, son histoire, sa mythologie.

Je m'en ouvrais parfois à Crâmon à Bercy.

— Les populistes exaltent la grandeur française. Pour eux, c'est une identité, un patrimoine. Mais cette grandeur a toujours été affaire d'exceptions, d'une infime minorité de progressistes.

Bonaparte, de Gaulle, les résistants de 1940… Tous des parias, des intrus, des solitaires.

Assis une fesse sur son bureau, il s'amusait avec une maquette de fusée laissée là par son prédécesseur.

— Arrête ton bashing, Quentin. C'est parce que les Français sont romanesques qu'ils éliront un mec comme moi. La politique réduite aux magouilles et aux alcôves les désole. Ils veulent de l'Histoire, une épopée, un destin. Du point de vue du système politique traditionnel, je suis une aberration, un alien. C'est ma chance.

À la fin de l'été, Crâmon a quitté Bercy pour se consacrer à la présidentielle. Il s'est déclaré candidat à l'Élysée dix ans jour pour jour après l'échec d'Eleski à la primaire socialiste. Mais l'échec n'était plus une option, Boulende ne se représenterait pas, il avait rencontré une actrice. Le Parti socialiste se putréfiait quand En Route roulait en machine de guerre. J'avais fait venir Damien Coctel, un copain vosgien de Sciences Po, pour s'occuper de l'organisation du mouvement. Officier de réserve, Coctel avait tâté de la politique sous l'étiquette divers quelque chose. Son mépris pour les combines politiciennes l'avait déporté vers le consulting opérationnel. Son CV, son intelligence, sa passion pour les films de Bruce Lee, ses anciennes missions pour

« les services », sa blondeur télégénique aussi, en faisaient l'homme idéal pour superviser les manœuvres du parti.

Je dirigeais la stratégie de campagne d'En Route en maximisant tout ce que j'avais potassé au service des ambitions débandées d'Eleski. Le modèle, c'était la campagne de Barack Obama en 2008. Sur le terrain, les helpers, les buzzeurs bénévoles, chauffeurs de salles à l'occasion. Dans les têtes, le nudge, la gestion pilotée des comportements humains ; ne pas contraindre ni interdire, mais plutôt suggérer, inciter, orienter les gens par des rhétoriques, des signalétiques, des trucs, pour tester leur capacité d'attention et leur libre arbitre. Les gens, je n'avais pas le temps de les rencontrer, de les écouter, de les sonder un à un. Pendant que des légions de Routeurs désintermédiaient dès l'aube dans les territoires, je passais mes nuits à explorer le pays à la surface de mes écrans. Réseaux sociaux, algorithmes, datas. Le numérique avait révolutionné la médecine, il réinventerait la politique. J'étudiais particulièrement le réservoir électoral des seniors, de plus en plus nombreux, jouisseurs, boostés par l'espérance de vie, les fans du Viagra Crâmon, gendre idéal et fils prodigue, ceux qui se branlaient à la grandeur française.

Crâmon, en bras de chemise, sur un pouf bleu, au QG d'En Route dans le 15e arrondissement… « Quentin, les Français veulent briser le cycle des répétitions, rompre le temps circulaire de la politique. Depuis les années 80, on prend les mêmes ou ceux qui leur ressemblent et on recommence. Récapitulation, revivals, remakes calamiteux. 1995 égale 2002 qui égale 2007 qui égale 2012. Quand l'histoire se répète, se parodie, le réel s'arase, se dissout. Se forme alors un trou au centre du présent où les gens tombent en hurlant, en pleurant. Il faut les remonter, les sauver. » Qui parlait ainsi ?

Déjeuner dominical à Blois entre deux déplacements de campagne. J'arrive en retard, comme d'habitude. Mon père m'accueille, affectueux, drôle, philosophe. Il m'attend au dessert.

— Ton Crâmon, je ne le sens pas. Un disciple de Paul Ricœur n'est jamais clair.

— C'est qui Ricœur ?

— Un philosophe. Son concept d'identité narrative convient bien à Crâmon. Comment on se la raconte...

— Crâmon a quand même écrit des romans avant d'être banquier, dit ma mère. Et il a beaucoup lu.

— C'est un bluffeur, dit mon père. Il la ramène avec son amour de la littérature, mais qui ferait de la politique après avoir lu Proust, Céline, Camus ou même ce filandreux de Char ? La langue oblige à des choix de vie, à une certaine dignité.

— Il n'y a pas que les livres, Papa. On a de nouveaux outils.

— Nouveaux ? Vous bossez toujours en slogans, en *punchlines*... Les vieilles foutaises maquillées d'anglicismes. Votre *nudge*, le « coup de coude », avant, on appelait ça de la manipulation. C'est vieux comme le monde. Si tu avais un peu lu Nietzsche, Foucault ou Deleuze, tu saurais que le pouvoir ne s'est jamais réduit à la violence, que c'est une force en rapport avec d'autres forces, des affects : inciter, susciter, induire, séduire...

— Béatrice Crâmon a l'air vraiment sympa, très saine, dit ma mère en me resservant deux buñuelos, des beignets anisés à la mode catalane. Tu la vois ? Vous vous parlez souvent ?

— Très peu. Pas le temps.

C'est vrai qu'on se parlait très peu, Béatrice et moi. Directement, j'entends. Elle suivait Crâmon dans ses déplacements en province, assistait aux briefs et débriefs de meetings. Je parlais, elle parlait, Crâmon tranchait. Quand il se donnait une nuit de réflexion, c'était rarement pour suivre mon avis. Je la croisais peu souvent seule, toujours entre deux portes, deux réunions... « Cyril et moi avons connu beaucoup plus méchant qu'une campagne présidentielle. » C'était bref, mais intense.

Du Loir-et-Cher, deux heures de route pour rentrer à Paris. Je lève le camp en fin d'après-midi. Comme chaque fois que je les quitte, mon père prend son air malin et fredonne le « tube » local des années 70. « On dirait que ça te gêne de marcher dans la boue... On dirait que ça te gêne de dîner avec nous... » Pour finir, il me serre dans ses bras. Ma mère m'a préparé une tortilla à réchauffer dans mon deux-pièces de l'avenue de Breteuil.

Les bras raidis sur le volant de la 306, le plat emballé d'aluminium posé à la place du mort, je remonte sur la capitale en kit mains libres, lisant, écoutant, la vingtaine de messages du dimanche laissés par Crâmon, Coctel, les militants d'En Route. Voix de Bidard sur la file de droite de l'A 10.

— Comment ça va depuis hier ?

— Comme d'hab. En forme et en même temps crevé.

— J'ai vu. Tu as une tête d'ordi. Tu baises, au moins ? Tu en es où avec la petite avocate ?

— Fini. Trop de taf.

— Décompresse un peu, Quentin. Les filles, ce n'est pas ce qui manque dans le mouvement. Soupe-au-Lait, si je n'étais pas marié...

« Soupe-au-Lait » se nomme en réalité Laminata Abdoumine, et pour moi, c'est Lamina. Lamina dirige le bureau de presse d'En Route et ne goûte pas les plaisanteries de ce « relou » de Bidard. « Tu sais quoi ?... Je suis plus café au lait que soupe au lait ! » Ancienne pro-Eleski, Lamina, jusqu'au jour où elle s'était emportée contre les pratiques de notre ancien champion... « Il m'aurait fait ça, je lui serais rentrée dedans ! » Jupes à fleurs, tee-shirts fluo, talons liège compensés, coiffure à la Angela Davis, forte personnalité, très éruptive, petite-fille de la tradition orale marocaine, grammairienne débridée, Lamina parle vite d'une voix pépiante, aiguë, rappelle les journalistes pour les pourrir à cause d'un papier « ni fait ni à faire », les traite de racailles ou d'esclaves une fois son portable éteint – quand elle l'éteint. Lamina est la seule fille à me faire rire aux éclats en ces jours, ces nuits de labeur, de migraine, de remontées acides.

En plein hiver français, nous accompagnons Crâmon en visite à Alger. Dans un élan tiers-mondiste, le candidat qualifie la colonisation française de crime contre l'humanité dans un entretien sur une chaîne privée. Ciel bleu, 20° en février, on rentre à l'hôtel, il y a un spa, une piscine, on dirait des vacances. Mais Lamina nous rattrape dans le hall, tamponne presque Crâmon dans sa course.

— Cyril, tu sais quoi ?... Ton crime contre l'humanité sur Echorouk News, ça ne passe pas du tout à droite. Les retours sont sanglants. Les Juifs sont vénère. Trending Topic on Twitter !

Crâmon sourit en médecin qui voit son diagnostic confirmé.

— La culpabilité. Les névroses françaises... C'est fascinant. Ça en dit beaucoup sur la société. Les gens sont vraiment à cran !

— Les Juifs surtout.

— Oh, ça va ! On ne va quand même pas me suspecter d'antisémitisme.

— Bien sûr que non, dit Lamina. Mais les Juifs ont un copyright sur les crimes contre l'humanité. C'est quand même 6 millions de deads.

Un soir, Lamina surgit en tornade dans mon bureau du QG de campagne d'En Route.

— Les chacals ! Les larves ! Tu sais quoi ?... Ces crevards de journaleux fouillent dans la vie privée de Crâmon. Et pas du côté des meufs !

— Meuf, c'est pas très En Route, Lamina. Ça fait années 80.

— Je m'en balek des années 80 ! Là, c'est grave de ouf. Rappelle-toi. Les histoires de cul ont carbonisé Eleski.

— Rien à voir. La débauche hétéro, c'est vraiment mal vu, transgressif, aujourd'hui. Pas l'homosexualité.

— Ils ont un nom...

— Qui ?

— Lamalle, le boss de la Radio.

— Laisse tomber, c'est un pétard mouillé.

Lamina explose de rire.

— C'est quoi, ce javanais ?

— Du vieux français, une expression de mon grand-père. Comme « Ça va finir en eau de boudin ». Tu as eu Crâmon ?

— Il ne veut pas que je m'en mêle. Il dit que ça fait vingt ans qu'il entend des conneries à ce sujet... Son côté giton... Blablabla... La différence d'âge avec Béatrice... Blablabla... Il devrait quand même craquer le buzz, sans vexer les gays. Tu veux pas lui en parler ?

— Sûrement pas. Je me fous de sa vie privée.

— Il dit que c'est contre sa femme, pas contre lui.

— Voilà. Il est fort.

On avait ressorti sa déclaration de patrimoine au moment de son entrée à Bercy. L'écart entre ses revenus conséquents de la période Weill et un patrimoine plutôt restreint intriguait. On s'étonnait aussi d'emprunts à la pelle. Des centaines de milliers d'euros à une banque et à un particulier.

— C'est dingue, ces accusations ! Toujours la névrose nationale, le fantasme de l'argent forcément mal acquis... Un : je crame mon pognon comme je veux. Deux : les travaux de la villa de La Baule ont coûté un bras. Trois : je prends beaucoup moins depuis que je fais de la politique. Quatre : j'ai régularisé mon ISF. Qu'est-ce qu'ils veulent de plus ? L'autorité pour la transparence de la vie publique m'a blanchi. Là, je vis sur l'avance de droits d'auteur pour mon livre-programme. 274 000 euros. Au fait, tu l'as lu ?

— Bien sûr. J'aime beaucoup le portrait de ta grand-mère. Elle aurait plu à mon grand-père.

— On est de la même famille, Quentin. Des enfants de la province.

Une usine de sèche-linge en grève à Amiens. Worstpool, premier groupe d'électroménager mondial, américain évidemment. Le cycle habituel. Restructuration. Délocalisation en Pologne. Annonce de fermeture. Trois cents employés sur le carreau, sans compter les intérimaires. Worstpool, gros rendez-vous sur l'agenda de la campagne. Béatrice ne viendra pas là-bas. D'après Crâmon, ça risque d'être tendu. On part tous les deux à 8 heures en voiture. Il veut me montrer la ville avant de rejoindre l'équipe de campagne à l'intersyndicale de l'usine. Arrivé aux abords de la zone industrielle amiénoise, Crâmon ferme le dossier miné Worstpool et tapote l'épaule du chauffeur.

— On va tourner un peu dans la zone… Tu vas comprendre pourquoi j'ai refusé de me présenter aux municipales.

Il pointe le doigt sur un grand bâtiment gris.

— L'ancienne laiterie la Clara. Les yaourts Yoplait. Les Frutos, les Petits Filous, j'adorais ça... C'est devenu un décor de cinéma.

On tourne dans une petite rue. Au loin, un clocheton émerge sur le fond huître du ciel.

— La vieille manufacture de velours Cosserat. Mille employés au temps de sa splendeur au XIXe siècle. Elle a fini à dix. Classée monument historique. Magnifiques tuiles flamandes. Dommage qu'on n'ait pas le temps d'entrer.

La visite se poursuit à quarante à l'heure.

— Là, c'est l'ancien site de l'entreprise Optalix.

— Les lunettes ?

— Mais non, idiot, le fabricant de postes de radio. Liquidé en 84. Mes parents collectionnaient les modèles de cette marque. Concorde, Cluny, Orly, Dolores, Agnès, Passy, Saint-James, Saint-Gilles, ces noms me faisaient rêver.

Entrée dans la ville. On arrive aux restes du quartier médiéval Saint-Leu. Les canaux, les quais, les hortillonnages, les cent bras de la Somme.

— Pendant des siècles, ici, c'était le coin du textile. On tissait, teintait, tannait, il y avait des moulins. Gamin, je croisais encore des ouvriers qui habitaient des maisons de torchis. On a vidé le centre, relogé dans des HLM en périphérie.

— Vider le centre, un beau projet.

— Tu m'en diras tant. Regarde l'hôtel de ville. Le maire communiste y avait reçu le président François Mitterrand pour un hommage à Jean Moulin en 1985. J'allais sur mes 8 ans...

Ses yeux brillent, il semble ému par ce pèlerinage. Le chauffeur hésite à un rond-point.

— À droite ! Prenez le boulevard de Saint-Quentin, le quartier de ma jeunesse. À partir de là, je vous guide.

On stoppe devant une maison banale. Longue grille, muret de crépi. Façade hybride, briques au rez-de-chaussée, ardoises au premier.

— Ma chambre était au premier. Qu'est-ce que j'ai pu lire là-haut ! L'époque foot, tennis, piano.... Allez, on se barre.

Direction son ancien lycée de jésuites.

— C'est là où j'ai connu Béatrice, au cours de théâtre. On se cachait à l'époque. Elle était mariée, elle risquait des ennuis avec l'Éducation nationale. Rumeurs, lettres anonymes, on nous fliquait. La province, la vile province. Impossible de rester.

Le gros bâtiment en U contraste violemment avec les charmes XVIIe de mon lycée blésois.

— Tu connais Deleuze ? demande Crâmon.

— Le mec du MoDem ?

— Le philosophe Gilles Deleuze, celui qui se laissait pousser les ongles.

— Mon père le cite souvent. Jamais lu.

— Il a enseigné à Amiens après la guerre. Il en a parlé comme d'une ville d'une liberté absolue. On jouait de la scie musicale aux élèves pour leur enseigner les courbes mouvantes. Je peux te dire que dans les années 90, ça avait bien changé. Je m'emmerdais ferme avant de rencontrer Béatrice. Heureusement, il y avait ma grand-mère.

Imaginons. Dans l'Amiens des années 90, saigné par la désindustrialisation, un garçon vit dans les mots et les livres de sa grand-mère. Elle lui raconte la guerre de 39-45, le monde d'avant de mon grand-père, lui fredonne peut-être des chansons de l'anarchiste Léo Ferré (Crâmon le cite quelque part). Elle lui fait lire Colette, Giraudoux, Giono. Un peu plus tard, il découvre Camus et Gide. Beaucoup d'auteurs, un piano, peu d'amis. Soudain c'est la révélation du théâtre, et sur les planches, une apparition, une femme, très jolie, une Béatrice. Elle est prof de français-latin, bien plus âgée que lui, mais elle n'a pas d'âge, c'est un personnage, un charme, un soleil dans le gris picard. Autrement plus rayonnante que les lycéennes enjésuitées, à problèmes, du bahut. Chaque semaine, des heures durant, ils écrivent ensemble une pièce de théâtre, ils vont la mettre en scène. Ils se parlent, s'écoutent beaucoup. Il a 15 ans, l'âge qu'elle avait en 1968, elle s'est amusée pendant les révoltes de Mai, sans vraiment s'engager comme d'autres lycéens, c'est la fille d'un grand confiseur de la ville. Elle s'est mariée dans les années 70, elle a trois enfants. Rouen n'est pas loin, elle voue une passion à Flaubert et *Madame Bovary*. Le soir, rentrant du lycée et de ses cours de théâtre, elle trouve peut-être la conversation de son mari plate comme un trottoir de rue. Ça va changer avec ce garçon si mignon, si singulier, si prometteur. C'est compliqué, mais la passion emporte tout. Au début, entre l'adolescent gentil et rêveur et la femme faite et mariée, ça ne peut être qu'une passion, qui brouille, bouleverse tous leurs repères de petits bourgeois – leur seul point commun à part le théâtre, la petite ou moyenne bourgeoisie. Passion scandaleuse, inavouable, qu'ils dissimulent à leurs cercles respectifs, parents, mari, enfants, amis, copains, collègues, clients du confiseur, à toute la ville d'Amiens. Passion qui se mue, se solidifie en amour dans l'adversité et le défi, le grand amour, l'amour des seuls contre le monde entier. D'où le sentiment de puissance. Dans le halo de la quadra Béatrice, le lycéen Cyril mesure le conformisme, le vide de sa génération, qui est un peu la mienne. Lui il est passionné, amoureux, hardi, il sait ce qu'il veut, Béatrice, et l'horizon sur lequel elle se détache, car en regard de cet amour imposé de longue lutte à la société, toutes les autres conquêtes lui seront permises, faciles, assurées. Esquiver, effacer les traces, ne croire qu'en soi, fuir en avant, conquérir Paris, la France. Refaire l'histoire tout seul, en écrivant la pièce à deux. Une éducation sentimentale et politique.

À l'arrière de cette voiture qui nous conduit aux grévistes de Worstpool, nous sommes deux anciens enfants de la province fin de siècle. Qu'avais-je appris à Blois dix ans après la révélation amiénoise de mon aîné Crâmon ? Pas de Béatrice aux lèvres de feu et aux jambes d'enfer au lycée Augustin-Thierry ou sur le pont Jacques-Gabriel. Ou alors je ne l'ai pas remarquée, ne lisant pas, ne m'ennuyant pas assez. À 15 ans, étais-je assez seul, assez désespéré, pour me passionner, tomber amoureux d'une femme de l'âge de ma mère ? De quel amour aime-t-on une femme de 40 ans à 15 ans ? On improvise, on se prend pour un autre. Mon cursus était plus classique. Je n'avais jamais eu à cacher une passion, un amour, à mentir. C'est à Paris que j'avais couché avec une fille pour la première fois, une étudiante de Sciences Po, pas très original. On se plaisait, on ne s'aimait pas. Puis j'étais tombé sous le charme d'Eleski. (« Une façon de baiser par procuration », comme disait une copine.) Et maintenant ? C'était indicible.

La visite d'Amiens nous a retardés au rendez-vous de l'intersyndicale de Worstpool. Et le plus gros reste à venir. La base, sur le parking de l'usine. On repart à trois voitures (l'équipe vidéo, le groupe sécurité) vers le site moribond de production de sèche-linge. La vitre ouverte, on les entend gronder.

— Discuter m'a toujours réussi, dit Crâmon. Et puis, je suis sur mes terres. Parmi ces types énervés, il y a peut-être d'anciens camarades de classe. Go !

Il bondit de la voiture. Caméras, smartphones, perches de micros, la rumeur s'amplifie. Il se dirige vers les travailleurs en colère vêtus de gilets orange… « L'intersyndicale m'a dit qu'il y avait des gens qui voulaient échanger avec moi. Vous voyez, je ne me défile pas. À la place qui est la mienne, et à celle qui est la vôtre, je viens parler avec vous ! » Et il parle devant les grilles bleues de l'usine, micro à la main, clair, pugnace, au milieu de cercles concentriques de Worstpool aux abois. Des employés veulent répondre, il leur tend le micro. Les femmes sont les plus vindicatives… « Crâmon, remballe tes cadeaux pour le patronat ! » Il ne se démonte pas, argumente, tient tête. Caroline Lablonde, la candidate du Rassemblement français passée à la pêche aux voix juste avant nous, peut aller se rhabiller.

— Ma différence avec madame Lablonde…

— Elle est plus vieille, coupe un gréviste.

Rires.

— Non, arrêtez avec ça… Je ne promets pas monts et merveilles, les gars. J'étudierai les offres de reprise de Worstpool. Je ne veux pas nationaliser. Pensez à la formation professionnelle. Elle permet de retrouver un emploi quand une entreprise ferme.

Ça veut dire vous êtes presque déjà morts… Un grand moustachu lui souffle sa fumée à la figure.

— Avoue qu'il a été mauvais, Boulende. Il nous a bien baisés.

— C'est pas le problème.

— Un peu quand même. Et toi, qu'est-ce que tu as fait quand tu étais au gouvernement ?

— Écoute… On se dit « vous » plutôt… Ce que j'ai fait ? J'ai démissionné, pour prendre mon risque. Alors les leçons de morale, je veux bien les entendre. Mais pas aujourd'hui, et pas ici ! Vous croyez que ça ne me fait pas mal aux tripes qu'on vote autant Rassemblement français sur ces terres ?

Dans l'assistance, un député communiste local à la houppe brune compte les points.

— Venir au milieu de la mêlée dans un contexte aussi tendu, je dis chapeau, monsieur Crâmon… Mais enfin, bon, ça ne règle rien.

Retour à la voiture, escorté d'El Glaoui en doudoune, le plus proche de ses gardes du corps.

— Patron, il faut faire gaffe. On a frôlé l'incident au début, quand vous vouliez monter sur l'estrade.

— Je ne serai jamais en sécurité, César. Le pays est comme ça. Il faut risquer, aller au cœur de la bête. Si je t'écoute, je finirai comme Boulende. En sécurité, au chaud, mais mort.

El Glaoui opine, en regardant ailleurs, partout, balayant le secteur à 360°. Crâmon lui prend le bras.

— En même temps, je sais que tu es là. Et ça me rassure.

Sa main part du coude et remonte sur l'épaule du garçon.

César El Glaoui, chef de la sécurité d'En Route, recruté par le logisticien Coctel. Le réseau junior des millitaires. Antillais d'origine, traits délicats, yeux de lynx, sourire rare mais poignant du mec bien qui revient de loin. El Glaoui est aussi un enfant de la province, du Doubs, du quartier Planoise de Besançon. Jeunesse dans un quartier sensible, insensible. Ses halls, ses caves, ses bandes, ses trafics, ses rodéos urbains. Dans l'appartement peuplé de frères et sœurs, des parents qui ne s'entendaient pas, d'après ce que j'avais compris à de brèves allusions… « C'était chaud. Triste, aussi. Pas envie d'en parler. C'est à Planoise que j'ai appris à sentir le danger, que j'ai acquis l'instinct de sécurité qui m'a permis de m'en sortir. » Master de droit, gendarme réserviste, licence de la Fédération française de tir. Vingt-cinq ans, mais déjà beaucoup d'expérience dans la sécurité des personnes et des biens. A bossé pour le service d'ordre du PS, sur la campagne présidentielle de Boulende. Droit, avisé, malin, le charme des timides et des pros. Gros carnet d'adresses électronique. Très introduit dans « le petit monde de la sécurité », comme il dit. Petit monde au service du grand monde de l'argent. Le danger, la sécurité, un instinct, un business. Outre ses fonctions à En Route, César aime à converser avec des éminences moyen-orientales dans des salons de palaces parisiens. Crâmon vante souvent ses mérites. « César, un exemple, une pointure. Pas facile d'avoir la peau noire et de s'appeler El Glaoui dans ce vieux pays colonial. C'est pourtant un nom royal. Il méritait que je lui donne sa chance. » César honore cette chance tous les jours. Diligent, efficace, loyal. S'est également attiré les bonnes grâces de Béatrice, comme me le répète un peu trop Bidard… « Il n'est pas soupçonnable comme toi de double jeu, d'ambition politique. » Bidard se plaît à semer la zizanie entre les gens, mais pour le coup, c'est raté.

J'aime beaucoup El Glaoui, sa discrétion, sa clairvoyance, son sens de la justice et de l'injustice. Il n'a pas oublié le quartier Planoise, la pauvreté, les humiliations, les offenses faites aux siens. Maintenant il accompagne les Crâmon à bicyclette avec Coctel dans les rues de La Baule. Mais pendant que Coctel range les vélos dans la remise et part s'entraîner au krav-maga, il partage l'apéro avec le couple dans le jardin derrière la villa. Il a le numéro de portable de Béatrice. À l'occasion, il lui rend de menus services.

Lever à l'aube. Retour à Blois dans la matinée en TGV, pour voter au premier tour. Je retrouve ma mère aux bureaux de la mairie. Deux bulletins de plus dans l'urne pour Crâmon. Mon père abstentionniste nous attend dans la cuisine pour un déjeuner à sa façon, un brunch qu'il prononce *branche*.

— Salut, Routeur. Bien joué, le parquet financier qui torpille Grillon. Il est cramé.

— On n'y est pour rien. Séparation des pouvoirs.

— Vous n'êtes pas au pouvoir. Pas encore.

Pierre-Olivier Grillon, le candidat de droite, principal opposant à Crâmon. Mis en examen pour avoir fictivement employé sa femme à l'Assemblée nationale.

— Et conseillère littéraire par-dessus le marché, dit mon père. On se marre. Foutre, ne rien foutre, payée, pas payée, consentante ou non… Encore une histoire de nanas.

La disgrâce de Grillon rappelle celle d'Eleski. Même s'il n'a pas lâché la partie, qu'il s'accroche à des sondages de plus en plus désastreux depuis qu'on le soupçonne aussi de s'être fourni gratuitement en costumes de luxe. « Grillon ne voit pas le problème, dit Crâmon. C'est un bourgeois de province du XIXe siècle. » Justement, on l'aurait battu à la régulière au XXIe siècle. Sa mise en examen pour détournement de fonds publics fausse le rapport de force. J'imagine le désarroi, la fureur des militants qui ont bossé pour Grillon. Chacun son tour.

— Lablonde sera au deuxième tour, dit mon père. Vous gagnerez, mais vous ferez comme les autres, bricoler au rythme des sondages. Ce « en même temps » est insensé. Comme dit Aristote, impossible qu'un même attribut appartienne et n'appartienne pas en même temps et sous le même rapport à une même chose.

— Tout le monde se méprend sur le « en même temps » de Crâmon, dit ma mère. Il marque moins la simultanéité que la réserve. « En même temps », chez lui, c'est « cependant ».

Petite-fille d'Espagnols exilés, ma mère adore la langue de leur pays d'accueil.

— Merci Maman.

Mon père me ressert du café.

— Rappelle-toi ce que racontait ton grand-père. Ceux qui acclamaient de Gaulle sur les Champs-Élysées le 26 août 1944 avaient applaudi Pétain quatre mois plus tôt devant l'Hôtel de Ville. Quatre mois, jour pour jour. *En même temps* gaullistes et pétainistes. Rien de nouveau.

— Il faut que j'y aille. J'ai un train dans vingt minutes. Je dois retrouver les autres au QG d'En Route à 17 heures.

— On dirait que ça te gêne de marcher dans la boue…, chantonne mon père en m'ébouriffant.

— Je suis fière de toi, dit ma mère. Et ce début de barbe te va très bien.

Sans sa batterie de casseroles, Grillon aurait dépassé Lablonde. L'écart est d'un peu plus de 1 %. Faible, compte tenu du handicap judiciaire. Il aurait même pu être en tête du premier tour. Crâmon est en tête. On fête la victoire à La Ronde, sa cantine à Montparnasse. Il tient à remercier les premiers Routeurs, le staff informatique, la sécurité, l'intendance, les chauffeurs, la grande caravane d'En Route soudée par cette formidable aventure. Il dînera au premier étage avec sa famille, ses soutiens et collaborateurs les plus proches.

Le voilà qui se fraie un passage dans la salle bondée. Touché, palpé, caressé. Il m'entraîne derrière le comptoir.

— Béatrice ne souhaite pas que tu dînes avec nous là-haut.

(Une heure avant, au début de la fiesta, elle me remerciait des services rendus en remontant des toilettes.)

— Pour quelle raison ?

— Rien de personnel. Elle t'associe trop au boulot, à la pression de la campagne... Je cède là-dessus, c'est aussi sa fête ce soir. La dernière vraiment sympa avant les mondanités de l'Élysée. Cette perspective la fait flipper, je crois...

(Béatrice semblait tout à fait détendue tout à l'heure, délivrée même.)

— Je comprends très bien, Cyril.

— On se voit demain matin, pour préparer le débat de l'entre-deux tours.

Au rez-de-chaussée, on se marche dessus. Les people ont débarqué attirés par les flashs et caméras. Des vieux et mauvais acteurs à cheveux blancs ou poivre et sel. L'éternelle marraine du Sidaction. Un académicien chauve à moustache. Notables et peluches médiatiques en pagaille. Essaim de télés en mouches à merde. La lumière est dégueulasse, les maquillages trahis, les fronts luisants. Je n'aime pas ça. Lamina non plus. On sort sur le trottoir.

— Tu sais quoi ?... Cette teuf est une mégaconnerie. Ça rappelle trop la nouba de Carchère au Fouquet's. Je l'ai dit à Crâmon : on va se faire a-llu-mer !

— Il en dit quoi ?

— Qu'au Fouquet's, on ne voyait pas beaucoup de secrétaires ou d'agents de sécurité. Il plane sur son petit nuage... Je n'ai pas de leçons à recevoir du petit monde parisien.... Blablabla... J'emmerde les bien-pensants... Blablabla...

— Tu as vu les autres... Coctel, Bidard, El Glaoui ?

— Je les ai paumés dans ce bordel de ouf.

— J'ai faim... Tu viens, on se casse ?

— Impossible. Crâmon m'a promis le poste presse-com dans son futur cabinet. Le job commence ce soir.

J'ai traversé le boulevard, me suis installé dans la grande brasserie où j'invite mes parents quand ils viennent visiter une exposition à Paris. Mojito pour décompresser, entrecôte saignante pour le teint. Kit mains libres devant ma viande, je rédige une procuration à l'attention de ma mère. Je ne descendrai pas à Blois pour voter dimanche. Je resterai à Paris. On va gagner. On a gagné.

On n'a pas *trop* gagné : Crâmon, 66 %, Lablonde, 34 %. Un tiers des votes pour la candidate populiste d'extrême droite, deux fois plus que son père quinze ans plus tôt. Si l'on considère que la moitié des électeurs de Crâmon ne sont pas spécialement de gauche et qu'une bonne partie des votes grillonistes du premier tour se sont reportés sur lui, le pays est très majoritairement de droite ou d'extrême droite. S'en souvenir. Comme des taux massifs de votes nuls ou blancs. Et du trou noir des abstentions, 12 millions, un quart des inscrits.

On en avait souvent parlé pendant la campagne. Une femme comme Première ministre, ce serait bien. Pour marquer la rupture, la tendance. Béatrice s'y est peut-être opposée. Crâmon a finalement choisi l'homme dont les meilleurs d'En Route ne voulaient pas. Edgar Grandneux, je le revois arriver au QG d'En

Route entre les deux tours, une casquette enfoncée sur la tête pour tromper les journalistes, passant par l'escalier de service, montant directement à la soupe. Cinquante ans ou presque, dont la moitié de droite moisie (après avoir débuté au PS). Ancien collaborateur de Robert « droit dans ses bottes » Laquitin condamné pour prise illégale d'intérêt dans une affaire d'emplois fictifs à la mairie de Paris. Grandneux s'emploie beaucoup fictivement. Il a soutenu Grillon avant de l'abandonner à son triste sort et de se rallier à Crâmon qu'il avait traité d'« ancien banquier ». Crâmon n'a pas oublié... « Je vais le neutraliser. Il est brillant, mais c'est un ringard, il échange sur WhatsApp. Tu te rends compte ? WhatsApp... » Crâmon, El Glaoui et moi, on était plutôt Telegram.

On n'a pas la femme Première ministre ; on n'a pas les hommes ministres. À l'Intérieur, René Colombine, septuagénaire social-démocrate, de sinistre mémoire puisque ancien partisan de Mme Démocratie-Participative contre Eleski. Pas vraiment conforme à l'offre disruptive d'En Route, tout comme la plupart de ses collègues du gouvernement, renégats de la vieille droite, socialistes transfusés, crâmonistes de la dernière heure, ancien animateur télé (Écologie), ancien animateur de rallye BCBG (Éducation). Beaucoup d'animation pour combler le vide. Bidard l'a compris, qui refuse un portefeuille. « Pas fou, pas envie de me retrouver en première ligne. Et puis, entre nous, il ne faut pas abandonner le mouvement, en faire une coquille vide, l'inféoder à Crâmon. En Route doit rester un laboratoire d'idées et la vigie de nos idéaux. » Crâmon l'a collé secrétaire d'État auprès du ministre de l'Économie, Patrick Mairle, un ancien ministre de Carchère. « On fait avec ce qu'on a. »

Message paternel sur ma boîte vocale : « Je regarde ce nouveau gouvernement qui plastronne à la télévision. Les politiques sont des bouchers de la chose publique et les journalistes sont leurs commis. Quand on voit l'étalage de faces politiques et journalistiques à la télé, leurs tics, leurs contorsions, leur diction horrible, leurs arguments, leurs patelinages, on doit poser le diagnostic qui s'impose, celui d'un pays psychiquement ruiné, mentalement au bout du rouleau. Chaque fois qu'apparaît un politique ou un journaliste, apparaît une pathologie. »

Crâmon a distribué les récompenses aux valeureux combattants de sa campagne de France. Coctel, missionné auprès du chef d'état-major particulier de l'Élysée, études et analyses stratégiques. Un job prenant, caché entre les lignes, peu de temps libre pour l'amateur de

kung-fu et de silence. El Glaoui : chargé de mission dans le cabinet présidentiel, coordinateur des services de la sécurité du chef de l'État, il préparera et suivra aussi les déplacements nationaux de Crâmon. Nomination logique, méritée, mais César en a les larmes aux yeux. Du quartier Planoise aux ors de l'Élysée par l'ascenseur social crâmoniste. Pas encore logé au quai Branly, mais ça viendra. El Glaoui, avec son sens de l'initiative personnelle, c'est un peu l'éléphant dans le magasin de porcelaines administratives de la chefferie de cabinet. Il déroute les costumés par sa mise sportive, sa franchise, ses choix. Il a accepté un job dont personne ne veut, la sélection des cadeaux pour les personnalités étrangères. Il ne manque pas d'idées. Un incunable pour le prince héritier poète de Dubai, un kayak pour le Premier ministre norvégien, une balle de golf en or sur plateau de malachite pour le président américain. Les envieux, les médisants, qui ignorent sa part d'enfance et sa générosité, prétendent qu'il tisse des liens à l'international… « Peine perdue, Quentin. Même en Cerruti, je ne ferai jamais partie du club.
— Pas grave, César, tu fais partie de Crâmon. »
En déplacement, on le remarque souvent à l'épaule gauche ou droite du Président, place longtemps réservée aux gardes du corps officiels. Au début, cette proximité troublait le groupe

de sécurité de la Présidence. Ils se sont adaptés. Habitant en banlieue, El Glaoui arrive et repart de son bureau avec un pistolet Glock légalement porté, pour des « raisons de sécurité » qu'il a trop d'instinct pour détailler. Dans la journée, il place l'arme dans son coffre, ne la sort que pour aller s'entraîner au tir avec des gars du groupe de sécurité sur un stand en banlieue… « Il faudra que tu viennes un jour. » En privé, le couple Crâmon profite toujours de ses talents d'organisateur, soirées au théâtre, dîners tranquilles au restaurant (sans gyrophares), week-ends océaniques à La Baule. Sa nomination, comme celle de Coctel, n'est pas mentionnée au *Journal officiel*. La mienne, si. Conseiller spécial du président de la République, comme promis.

« Rien ne change et en même temps tout change, Quentin. Tu me parles comme tu l'as toujours fait, librement, sans crainte, sans flagornerie, sans mentir. Ne me ménage pas, rentre-moi dedans si nécessaire. Tu sais que j'adore ça. Baba ne se gêne pas. De toute façon, à la fin, c'est moi qui décide. » De tout et tout seul dans son bureau présidentiel, le salon d'angle, l'ancienne chambre à coucher de l'impératrice Eugénie, au premier étage du Palais. Crâmon l'a choisi pour son calme, sa discrétion, l'accès facile à ses appartements privés… « C'était le bureau de Noguez, le conseiller barge de Carchère. Et celui de Cassin, le socialiste qui faisait cirer ses pompes au Château. On l'appelle "le bureau qui rend fou". Je saurai faire mentir ce signe indien. » Table de travail en béton Francesco Passaniti, table en marbre Knoll, deux œuvres aux murs signées d'Alechinsky et du street artist OBEY. Pour moi, l'ancienne salle de bains d'Eugénie, avec la baignoire cachée sous une banquette et toutes ces glaces aux murs qui me donnent le vertige.

Un jour, il ouvre la porte, en bras de chemise.

— J'ai une surprise pour toi.

On monte au second étage. D'une porte ouverte s'échappent des effluves de peinture et d'encaustique. Son ancien bureau de secrétaire général adjoint de l'Élysée.

— Tu te rappelles la première fois que tu es venu ici ? Cinq ans déjà. Une éternité ! Toi, encore plus jeunot, glabre, réservé, mais si punchy. C'est là que tout a commencé pour moi, pour nous.

— Merci, Cyril.

— De rien, mon lapin.

— Start-up ?

— Start-up Nation !

— Une pour tous !

— Toutes pour un !

Accolades. Bises. Retour aux dossiers.

— À propos de start-up, je ne comprends pas le foin que j'ai provoqué à l'inauguration de la Station F. « Les gens qui réussissent et les gens qui ne sont rien », c'est lucide, clinique, cela n'a rien de méprisant. Et pourtant j'en prends encore plein la gueule ! Les réacs ont raison, on ne peut plus rien dire.

— On ne te passera rien. Ce sera dur jusqu'au bout. Et à part nos amis élus de la bande d'Angers, la composition de l'Assemblée m'inquiète…

— Trois cent huit députés En Route. Carton plein dans l'hémicycle. Et ça t'inquiète !

— Plus de la moitié n'ont jamais eu de mandat. Et cela se voit. La fille des Yvelines, l'ancienne carchèriste, se balade sur les plateaux télé comme dans un show-room. Les mecs, pareil, ils bavassent, enchaînent les selfies avec les huiles de leur circonscription. La cocarde et les 7 K mensuels leur montent à la tête. Ils sont là pour bosser, amender des projets, voter des lois. Il faudra le leur rappeler. La paresse et la vanité ont tué le PS.

Crâmon me prend le bras.

— Ne t'en fais pas. Ils me doivent tout. Ils ont réussi mais ils ne sont rien.

Il nous fallait toujours convaincre, infirmer ces accusations d'illégitimité, de « braquage électoral », distillées par la gauche parodique, la droite rancie et plus de la moitié du pays en comptant ceux qui n'avaient pas voté. La campagne se prolongeait au Château avec l'incroyable Lamina en chargée de com détersive. Mes attributions ? Plus discrètes et toujours les mêmes, à plus grande échelle. Fabrication d'éléments de langage, gestion de crise, relectures des interviews des ministres et sous-ministres à la presse, wording, supplémentation en mots clefs, huilage de petites phrases, réglage en carburation du disruptif et du consensuel pour activer les machines qui allaient bouger ce putain de pays. Je dédiais mes nuits à Crâmon, au téléphone, par e-mail, sur Telegram. On se parlait à 3 heures du matin sur l'oreiller, littéralement. Où se trouvait Béatrice à ces moments-là ?

Déjeuner estival dans la bonne ville de Blois.

— Ton Crâmon, dit mon père, je pensais qu'il te jetterait une fois élu, qu'il choisirait un garçon moins naïf, moins pur, si j'ose dire. Un bon point pour lui, même si c'est sans doute la seule promesse qu'il tiendra.

Ma mère l'embrasse sur la joue, ma « pureté » est un peu la sienne.

— Conseiller spécial du président de la République, après tout pourquoi pas ? dit mon père. Il y a plus con comme métier. Ce *nouveau monde*, admettons. On peut rêver. Et tu es un rêveur invétéré, comme ton grand-père. Mais alors, sois à la hauteur du rêve. Fleuris ta langue de bois de pin. Innove, invente une grammaire, une nouvelle Encyclopédie politique. Tu devrais lire davantage.

— Dis donc, Béatrice Crâmon, de plus en plus chic à 64 ans ! dit ma mère. Ces jambes de princesse de Galles, cette coiffure léonine... Vous « échangez », comme on dit ?

— Encore moins que pendant la campagne. Son bureau est au rez-de-chaussée, au Salon des Fougères, dans l'aile Madame. Tout ce que je sais, c'est qu'elle a fait enlever les bergères et les moutons.

— Elle en fait toujours trop, la cougar, dit mon père.

— Papa, retire ça, c'est dégueulasse. Les fringues, on les lui prête. Et elle est plus discrète que tu ne le crois.

— Elle t'a vampé ou quoi ?

— Tu peux me prêter des bouquins de Gilles Deleuze ?

Deleuze, le philosophe dont m'avait parlé Crâmon pendant le tour d'Amiens. Je comptais tirer quelques citations des ouvrages que m'avait confiés mon père, mais c'était trop dense, trop théorique. Crâmon, qui se piquait de philosophie, n'avait sans doute jamais lu Deleuze en entier, mais il l'avait écouté. En me rabattant sur les vidéos de son *Abécédaire* sur YouTube, j'avais retrouvé le passage où le philosophe évoque Amiens après la Seconde Guerre mondiale. Deleuze pensait en parlant, à l'inverse d'un politique, d'un homme à suffrages. Passionnant, mais inexploitable. Wikipédia mentionnait que, très affaibli par une maladie des poumons, il s'était suicidé à 70 ans en se défenestrant. Cela m'avait glacé.

Message paternel : « J'ai une théorie qui vaut ce qu'elle vaut, mais qui s'accorde à la rigueur, à la modestie, à la générosité de Deleuze, ce philosophe de la vie. Deleuze a choisi sa mort en y participant le moins possible. Il ne s'est pas donné la mort, il s'est livré à la loi gravitationnelle des corps. Il a choisi de mourir le plus physiquement, le plus vitalement possible, sans médiation, sans arme, sans produit. Mais qui peut se prononcer sur les raisons, la procédure ou même l'efficience d'un suicide ? Comme il le disait, ce sont les organismes qui meurent, pas la vie. Il était très malade, mais son œuvre est terriblement vivante. »

Espoir pour les employés des sèche-linge Worstpool, possible reconversion du site dans la production de casiers réfrigérés et de chargeurs pour véhicules éléctriques. Crâmon est revenu à Amiens avec un repreneur local, mais sans moi. J'apparaissais rarement en public, toujours visage fermé et dossiers sous le bras, à la sortie d'une réunion de travail. Quand un micro se tendait, je répondais invariablement « Je suis conseiller, je ne parle pas » ou « Je suis conseiller, je ne réponds pas ». J'en bandais presque. Qui peut se permettre d'écarter les mendiants des médias et de garder le silence en politique ? La légende du « conseiller de l'ombre » s'en renforçait tout en m'évitant parfois d'admettre « Je ne sais pas » ou, pire, de mentir.

Répéter ce que déclarait Crâmon après avoir caviardé mes notes, je n'aurais pas pu. Je pouvais me regarder dans une glace après mes brèves nuits. Ma barbe poussait, pas mon nez. Je chérissais le silence. Silence du *Je n'en pense pas moins.* J'en pensais même plus. Réforme du code du travail ? Le plafonnement des indemnités prudhommales ne permet pas une réparation adéquate et appropriée du préjudice subi par le salarié. Loi Sécurité intérieure ? Passage de l'état d'urgence dans le droit commun, mesure crypto-fasciste.

Gilles Brelan, porte-parole du gouvernement, devant le distributeur de cafés bio avant le Conseil des ministres. Il a des yeux de boîte de nuit ce matin, mais il pose toujours autant de questions.

— Conseiller spécial, connais-tu Stu Ungar ?

— Pas du tout.

— Champion du monde de poker. Mais tout-terrain dans le game. Gin rummy, blackjack, canassons. Le genre à miser sur quelle goutte d'eau arrivera la première au bas d'une vitre. Trente millions de dollars de gains. Jamais à la banque, toujours dans les coffres de casinos.

— Ton modèle ?

— Pas vraiment. Il ne payait pas de mine. Pif minuscule, face simiesque.

— Je veux dire dans la vie...

— Non plus. Il a fini défoncé au crack à 45 ans dans un motel, devant un film porno, avec 800 dollars en poche. Moi, je veux être ministre de l'Intérieur à la place de Colombine.

Mes loisirs au Château. Pyramides de Lego déstressantes et parties de baby-foot avec Lamina, rounds truqués pour me faire gagner dans la salle de boxe au sous-sol avec Coctel et El Glaoui (quand Crâmon n'y joue pas des poings). La seule fois où je suis descendu dans la salle de cinéma, sous le Jardin d'hiver, je me suis assoupi sur mon siège. El Glaoui m'a réveillé, raconté la fin du film en souriant… « Ils montent une structure pour assurer la protection du Président et court-circuiter le ministère de l'Intérieur… Pas con comme idée. À creuser. » Une réforme voulue par Crâmon lui tient à cœur. Refondre la sécurité du chef de l'État, partagée entre gendarmes et policiers, sous une direction unique ; recruter ses membres sur les critères de sélection du mythique Groupement d'intervention de la Gendarmerie nationale, la crème des unités d'élite. L'Intérieur et ses policiers moins entraînés s'inquiètent du projet.

Crâmon derrière la table Passaniti où sont posés les galets offerts par les victimes de l'attentat islamiste sur la promenade des Anglais.

— On pourrait célébrer le cinquantenaire de Mai 68. Expo à la Sorbonne, colloques à la BN, festivals de films... La jeunesse contre le monde ancien. Les vieilles valeurs qui vacillent. Les statues qu'on déboulonne. Rien ne sera plus jamais comme avant... Ça ne te rappelle rien ? C'est tout à fait nous.

Il me regarde trop fixement. Le projet m'étonne, détonne avec sa volonté de déconstruire et de refaire l'Histoire. Une idée de Béatrice peut-être. Je l'imagine à l'époque... Les nattes blondes, la minijupe, le bloomer, les bottes, les boums, les premiers flirts sur les Beatles dans le swinging Amiens. Elle pourrait participer aux commémorations, aux festivités, ce serait une occasion de se voir, mais tout ça colle mal avec ses côtés réacs.

— Mai 68, je le sens mal, Cyril. Période majeure, mais trop caricaturée. On n'en retient que l'interdit d'interdire et les dérives pédophiliques... Très risqué aujourd'hui. Les puritains, les populistes, les pourfendeurs de l'idéologie libérale-libertaire vont sortir les fourches. Cela fait du monde.

— Alors on allège, dit Crâmon, on contourne le transgressif. On s'en tient à la révolution culturelle, aux avancées sociales, à l'Histoire. On insiste sur le rôle de De Gaulle. Le recours, le pacificateur, le résilient, le sauveur jupitérien...

— De Gaulle, les jeunes s'en tapent. La plupart ne savent même pas qui il est. C'est comme la Shoah, un simple bruit de fond. La pédagogie mémorielle ne marche pas. La génération Z s'amuse à se déguiser en déportés d'Auschwitz sur TikTok.

— Ce ne sont pas des révisionnistes pour autant.

— Rien à réviser quand tu ignores tout. Tout le monde n'a pas eu notre chance, Cyril. Tout le monde n'a pas eu une grand-mère ou un grand père qui incarnaient et lui racontaient la vie.

— Ma grand-mère, j'y pense tous les jours, dit Crâmon.

— Parce que c'est *ta* grand-mère. La mémoire, ce n'est pas un devoir. Elle passe par des médiations personnelles, intimes, impérieuses. Celle des autres, on s'en fout généralement. Le seul acquis de 68 qu'on puisse mettre en avant, c'est le mouvement de libération des femmes.

— Greta s'en charge parfaitement.

Greta Chicchi, la plus jolie fille du gouvernement, yeux de braise, lèvres rouge sang, chevelure à la Bardot, secrétaire d'État à l'Égalité femmes-hommes. Ambassadrice hors les murs de la lutte contre les violences faites aux femmes.

Dans les murs, la violence faite femme. Harcèle ses assistants déroutés par ses absences et l'insuivi des dossiers. Pressure ses collaboratrices débordées par ses agendas qui se chevauchent. Tyrannie paritaire.

De sa jupe longue, elle fouette la porte de mon bureau après le Conseil des ministres.

— Coucou Machiavel !

Selon les jours, elle me surnomme Machiavel, Clausewitz ou Sun Tzu.

— Tu as reçu mon manuel de l'orgasme féminin ?

— Bien sûr Greta. Je vais m'y plonger.

— On va le sortir en livre audio. As-tu déjà entendu une Femme jouir ?... Mais jouir vraiment ?

— Greta, j'ai du boulot là...

— Y en a, on dirait qu'on les égorge. Elles hurlent à la mort. Et ça vous excite, mes salauds... Il vous faut des cris, des redditions pour bander. J'en viens à me demander parfois si les femmes ne devraient pas simuler la frigidité.

— On en reparlera, Greta. Tu as une date pour un déjeuner ?

— Pas trop le temps en ce moment. Je mets le paquet. Campagne de pub pour les culottes antifuites, tutos sur l'endométriose, remboursement des traitements contre les règles douloureuses... Je suis complètement sous l'eau.

Et hop, une bise sur le front.

— Pardon pour le rouge à lèvres ! Bosse bien, Machiavel. Je dois y aller. J'ai une télé avec un terroriste viriliste.

Au moment où elle passe la porte, son beau sourire méditerranéen s'éteint, se plisse d'inquiétude, de dureté. « Terroriste viriliste », c'est dans l'air du temps. Attaques islamistes à l'Opéra à Paris, à la gare Saint-Charles à Marseille, dans un supermarché de l'Aude, pour ne parler que des plus récentes. Le terrorisme crée un nouveau dictionnaire, colonise les consciences, surpeuple les angoisses, investit tout l'espace. Dans la rue, les passants se méfient, se surveillent, redoutent les atteintes aux corps. Les femmes plus que les hommes, évidemment. Quand on les croise et les regarde, beaucoup se crispent, regardent fixement devant elles, grimacent parfois. Un renseignement, un sourire, et c'est le sursaut, l'effroi. Terrorisées *a priori* par l'homme et ses doubles, ses pulsions, ses religions. Avant elles se disaient « Je lui plais », maintenant elles pensent « Il va me violer, me saigner ». Je ne parle pas du « monde d'avant » paternel, des seventies sexuellement libérées, mais de mes années 2000, de mes 20 ans, du temps de mon arrivée à Paris, de mes dragues incertaines à Sciences Po, en boîte de nuit, dans les couloirs de BHVA. C'était avant les carnages du Bataclan et de la promenade des

Anglais, les tueries de *Charlie Hebdo* et de l'Hyper Cacher, tous ces gens tétanisés, fascinés, perfusés à l'hémoglobine des breaking news. Le mercredi de l'attentat à *Charlie Hebdo*, on avait même cessé le travail dans les entreprises, c'était day off. Dans les heures et les jours suivant les rafales, les visites sur la page Wikipédia de l'AK-47 avaient bondi. 9 577 le 7 janvier 2015, 15 647 le 8, 18 268 le 9. Je notais déjà tout.

El Glaoui a célébré à sa manière le cinquantenaire de Mai 68. Le jour de la fête du Travail, au milieu des forces de l'ordre, il brutalise un manifestant qui balance des projectiles sur les flics dans le 5e arrondissement. Et prévient le Palais dans la soirée. Je le rappelle.

— Qu'est-ce que tu foutais place Paul-Painlevé avec un casque de CRS sur la tête ?

— J'avais les autorisations. J'observais le terrain.

— Qu'est-ce qui t'a pris de te jeter sur ce mec ?

— Mon devoir de citoyen.

— Généralement, les flics se défendent très bien tout seuls.

— Le réveil de l'instinct de sécurité. Les vieux réflexes, les vieux souvenirs... Tu peux comprendre ?

— Sans excuser. Tu mets le Président en danger.

— Je lui expliquerai.
— Bonne chance.

On gère en interne. El Glaoui prend quinze jours de suspension. À son retour, on lui retire la coordination de la sécurité des déplacements du Président. C'est Coctel qui va s'en occuper, officiellement. Coctel prend du galon et El Glaoui est rétrogradé.

— On me refile la synchronisation des cortèges ! On me traite comme une merde. Sans m'entendre, sans reconnaissance pour les services rendus. Pourquoi le patron ne me protège-t-il pas comme je l'ai protégé ?

L'ascenseur social s'est écrasé, retour aux caves de Besançon.

L'affaire de la place Paul-Painlevé m'intrigue et m'inquiète. Sur une vidéo multiretwittée, on entend un témoin crier : « Regardez bien sa tête !... Il l'a tabassé à terre ! » La tête, c'est celle d'El Glaoui, et on la distingue très nettement sous la large visière du casque de CRS. El Glaoui n'est pas un people, mais ce n'est pas un inconnu. On l'a souvent vu aux côtés de Crâmon en déplacement de campagne ou présidentiel, dans des reportages télé, sur des photos de presse. Il dispose d'un bureau à la chefferie de cabinet de la Présidence. Des parlementaires, des personnels d'En Route ou de l'Élysée pourraient le reconnaître, sans compter ses relations, ses voisins. Or, pendant des semaines, rien. Aucun commentaire, aucune allusion sur internet, le média de la délation. À croire que « les services », comme dirait Coctel, ont installé une veille et nettoient la Toile en temps réel. Dans les médias, personne non plus pour identifier El Glaoui ou s'interroger sur ce policier rageux bizarrement accoutré d'un sweat de training. Sa capuche dépasse... Combien sont-ils à avoir reconnu El Glaoui, à la boucler ou à attendre le signal pour l'ouvrir ? Pourquoi, pour qui ? « Je suis conseiller. Je ne parle pas. » Mais évidemment, ça va péter, tôt ou tard, l'omerta finira par se lever. Quatre-vingts jours après les faits, une journaliste soudainement physionomiste lâche le nom d'El Glaoui dans un papier, comme ça, en plein été. À l'écouter, elle aurait regardé la vidéo quarante fois. Elle savait confusément qu'il s'était passé quelque chose avec un proche de Crâmon, mais sans plus. Son enquête a été si compliquée qu'elle a failli tout lâcher en juin. Et puis la chance... Elle ne veut pas révéler de possibles sources, comme toute journaliste qui se respecte. El Glaoui ne croit pas du tout à ce scénario. Pour lui, c'est une huile de l'Intérieur qui a livré le dossier ficelé comme une viande saignante à la presse, un cravaté qui s'opposait à la réforme de la sécurité de l'Élysée, à un risque de mainmise des gendarmes sur la défense du Président. Maintenant l'information circule partout, en boucle et gros titres. « Un chargé de mission à l'Élysée moleste un manifestant du 1er Mai. » Émoi. Scandale. Gestion de crise. Mon job.

Le soir même, rendez-vous avec El Glaoui dans un café. Quelque part. Il glisse un CD Rom sur la table.

— Il faut diffuser ces images. Elles montrent que le mec que j'ai aidé à appréhender était violent.

— Tu les tiens d'où ?

— De contacts à la Préfecture, dit El Glaoui.

— Tu les as regardées ?

— Pas eu le temps.

— On va vérifier.

Je sors mon ordi de ma serviette, glisse le disque gris à l'intérieur. On regarde le clip policier.

— Ils se sont gourés, dit El Glaoui. Le mec qui agresse les flics n'est pas celui que j'ai serré.

— Tu peux rendre le CD. On s'évitera le ridicule et des ennuis pour recel de détournement d'images de vidéosurveillance.

L'Élysée annonce le licenciement d'El Glaoui le jour de son placement en garde à vue. La suite, il me la raconte deux jours après dans un café, toujours le même, quelque part, comme un film que j'aurais encore raté.

— Après la Gav, on m'embarque, mains dans le dos, menottes aux poignets, perquise de la brigade de répression de la délinquance contre la personne chez moi, à Vanves. Ma porte est blindée… Je leur dis : « J'ai pas les clefs ! » Ils appellent un serrurier. Le mec ne peut pas se déplacer… Ils appellent la BAC de Vanves… Personne n'a le matos pour ouvrir ma porte blindée !

— Ils voulaient vraiment l'ouvrir ta porte ce soir-là ?

— Attends… Donc les mecs de la BRDP scotchent un scellé provisoire sur la porte, se barrent, et moi je reviens en cellule. Le lendemain, retour à l'appart. Entretemps, ils se sont équipés. Ils bousillent ma porte au vérin hydraulique, entrent, se mettent à fouiller partout… Et là, le capitaine de la BRDP me demande : « Monsieur El Glaoui, où se trouve le coffre-fort renfermant les trois pistolets Glock et le fusil à pompe Remington dont vous nous avez parlé ? » Je réponds : « Des amis l'ont transféré ailleurs. Mesure citoyenne, j'avais peur qu'on vole les armes… ».

Qui l'a transféré ? Je ne tiens pas à le savoir. Le savoir protège moins que l'ignorance. Je tais ma question sur le contenu du coffre où il rangeait son arme à l'Élysée. On s'attend à une perquisition dans son bureau au Château. Les flics ont trouvé trois pistolets dans les locaux d'En Route.

— Dont un Glock 17, très mignon, dit El Glaoui. Des armes déclarées par la sécurité d'En Route. Il ne faut pas tout mélanger, ce n'était pas une perquisition, juste une visite domiciliaire.

— Tu deviens calé en procédure pénale.

— Master de droit. En parlant de ça…

Il tire un feuillet de sa poche revolver. Sa notification de mise en examen pour les exploits du 1er Mai. Violences en réunion, immixtion dans l'exercice d'une fonction publique, port prohibé et sans droit d'insignes réglementés, etc.

— Le juge ne t'a pas loupé. Réunion de crise ce soir à l'Élysée.

— Tu me raconteras.

— Ou pas.

Crâmon, debout dans le bureau d'angle, devant la maquette de la fusée offerte par Ariane Espace.

— El Glaoui, je le soutiens, je le ménage. Il est des nôtres, César. Depuis le début. C'est un intime ou presque. Il m'accompagnait au Louvre, le soir de ma victoire, pour mon premier discours présidentiel. Je le lui ai dit : « Tu es plus fort qu'eux, tu vas tous les bouffer. »

(Projection désirante.)

— Cette histoire de coffre-fort, ça t'inquiète ?

— Au contraire. Banquier un jour, banquier toujours. Qu'est-ce qu'on met au coffre généralement ?

— Des liquidités, du black...

— Impossible dans le cas d'El Glaoui, dit Crâmon. Son contrat lui interdisait d'être rémunéré par un autre employeur que l'Élysée.

— Alors des documents compromettants, secrets, explosifs...

Crâmon sourit.

— C'est là qu'on va se marrer, que la boîte de Pandore des fake news va s'ouvrir, que les serpents vont siffler... Clefs USB, caisse noire de campagne d'En Route, fausses factures, sextapes, montages pornos comme au temps de madame Pompidou, etc. On va avoir droit à tous les délires !

— En vérité ?

— La vérité, Quentin, c'est comme les coffres. On la remplit, on la vide. Ceux qui veulent la connaître ne sauront jamais. Ceux qui la savent en doutent déjà. Aujourd'hui on peut tout dire, mais on peut aussi tout nier. C'est le statut de la vérité dans un monde post-historique.

— En attendant, l'Élysée passe pour un repaire de pieds nickelés.

— C'est le plus gênant, dit Crâmon. Je vais recadrer.

— Je te prépare un draft.

— Rien. Tu ne me prépares rien. C'est trop personnel.

« Non, César El Glaoui n'a jamais détenu les codes nucléaires !... Non, César El Glaoui n'a jamais été mon amant !... » Gloussements ministériels sur la terrasse du jardin de la Maison de l'Amérique latine où Crâmon s'exprime sur la « trahison » du 1er Mai et le premier scandale de son quinquennat. Réunion semi-privée dont la vidéo a opportunément fuité, merci Lamina. « Nous avons une presse qui ne cherche plus la vérité ! Ils veulent un responsable... Le seul responsable dans cette affaire, c'est moi ! Qu'ils viennent me chercher ! » Extases, applaudissements du chœur. Je ne sors pas les mains des poches. Une pensée pour Eleski, tombé bien bas, sauf dans la bravade. Mais au fond, tous les mêmes, Eleski, El Glaoui, Crâmon. Des gens qui ne peuvent se retenir d'agir ou de parler inconsidérément... « Qu'ils viennent me chercher ! » Jusqu'à présent, c'est nous qui bougions, allions chercher les autres, les alliances, les idées, les projets. Crâmon en tribun assiégé, muré dans l'exercice du pouvoir. Crâmon en tyranneau, ça fait mal, c'est pas En Route. « Qu'ils viennent me chercher ! » Qui ? Les juges ? La presse ? L'opposition ? Les citoyens ? Le monde entier peut-être. Le président de la commission d'enquête sénatoriale l'a pris pour ses pairs, comme une provocation, ils ne peuvent pas aller chercher Crâmon… « Il y a quelque chose de puéril dans cette posture. Nous n'attendons pas que le président de la République, dans le confort d'une réunion entre amis, revendique son autorité. Nous voulons des explications. » El Glaoui va devoir leur en fournir.

À la rentrée, on se croise rapidement avec El Glaoui. Quelque part.

— Prêt pour ton passage devant la commission des « petits marquis » ?

— On s'acharne sur moi. Je serai rigoureux.

— Tu veux un coup de main pour préparer l'audition ?

— Pas besoin d'éléments de langage, j'ai la conscience tranquille.

— Je te regarderai.

El Glaoui devant les sénateurs, le César que j'aime, sobre, clair, pugnace, précis, « très précis », sur ses fonctions à l'Élysée, les moments où il porte une arme ou non, sa mission auprès de Crâmon. Ironique à propos des bobards de presse et de l'incurie des administratifs. Humain avant tout… « J'ai vécu ma rétrogradation comme une humiliation. » Le contraire de la petite frappe, du cow-boy fantasmés par les médias. Il faut saluer les questions pertinentes et la sagacité des sénateurs. Les sénateurs devraient être journalistes.

J'appelle El Glaoui.

— Qu'est-ce que tu vas faire maintenant, César ?

— Me former à l'international dans le secteur de la sécurité. Comme dit le patron, je n'ai qu'à traverser la rue pour trouver un boulot.

— Fais gaffe. En face de l'Élysée, c'est la place Beauvau.

En anorak, en bonnet, en chaussures de marche, ils semblent plus gros, plus lourds, engoncés dans leurs gilets jaunes de sécurité. Ils s'ébranlent, convergent, débouchent lentement au coin des rues des préfectures, bloquent les péages d'autoroutes, occupent les ronds-points des territoires. Ils ont tous les âges, tous les accents de France et même d'ailleurs. « Il faut qu'on nous écoute… On ne s'en sort plus… Le 15, on est dans le rouge…. On finit le mois aux pâtes et aux patates… On va crever… » Et quand ils font silence, les pancartes, les drapeaux tricolores, les chansons diffusées par mégaphone sur les toits des fourgonnettes parlent pour eux. Sur les ronds-points, ils ont apporté des chaises, des tables pliantes, des fauteuils bricolés avec des palettes de bois, des chapiteaux tendus de bâches et de vieux draps. Pas besoin de glacières pour les bières, il fait froid. Pour le barbecue saucisse-poulet, ils ont des braseros de chantier.

Des amis, des voisins mieux lotis, mais pas beaucoup plus fortunés, viennent les ravitailler, leur servir du café, leur offrir des chocolats, les encourager. Les Jaunes disent qu'ils ne sont pas sortis pour rien, qu'ils sont là, pour longtemps. À Paris aussi.

Crâmon, dans le bureau d'angle, debout, campé sur le tapis *Soleil noir* de Claude Lévêque.

— Qui sont-ils ?

— Pour la plupart classe moyenne à bas revenus. Mais certains sont très pauvres.

— Ils sortent d'où ?

— De partout... Amiens, Blois, Laon, Privas, Périgueux, Épinal, Toulouse, Arles...

— La fameuse France périphérique, dit Crâmon.

— La France tout court.

— Combien ?

— Pour l'Intérieur, 300 000. Mes estimations approchent le million. Ils n'empruntent pas les trajets habituels de manifestations. Elles sont spontanées. On dénombre 3000 sites occupés. Ronds-points, parkings, péages, etc.

— Qui les mène ?

— Aucun leader. Seulement des porte-parole.

— Les syndicats ?

— Absents, dépassés.

— Merde, dit Crâmon.

— On aurait dû les voir venir, on était les mieux placés pour sentir un mouvement émerger. Ils utilisent les mêmes outils qu'En Route, réseaux sociaux, plates-formes digitales, etc.

— Qu'est-ce qu'ils veulent au juste ?

— Suppression de la hausse du carburant…

— Hé, le carburant, c'est pas bibi ! dit Crâmon. C'est Grandneux.

— Suppression de la limitation de vitesse à 80 km/h sur les nationales, référendum d'initiative populaire, retour de l'impôt sur la fortune, relèvement des APL, baisse de la CSG sur les retraites… Ils se sentent abandonnés, méprisés.

— Et la hausse du minimum vieillesse, la diminution du reste à charge sécu, la suppression de la taxe d'habitation, c'est de la poudre de perlimpinpin ?

— Non, mais c'est pas assez. Et pas assez vite. Trop de lenteur dans l'application des décisions. Et des conneries, comme augmenter la taxe sur le carburant avant de penser à la rémunération du travail. Ils n'ont plus confiance. Leurs représentants ont refusé de parler à Grandneux.

— Normal, dit Crâmon. Il ne veut rien lâcher sur le carburant. Je vais leur parler, moi.

— Surtout pas. Ils n'aiment pas tes mots. Ils te trouvent méprisant, ils te détestent.

— Dangereux ?

— Une petite minorité casse des vitrines, brûle des poubelles, des abribus, des voitures. Toujours les mêmes, on les connaît, la plupart sont fichés. Black blocs, droite ultra.

— Les sondages ?

— Pour l'instant, l'opinion soutient.

— Mauvais théâtre. El Glaoui pourra peut-être me conseiller. Je vais lui causer sur Telegram.

Acte III, un samedi gris d'automne. Ils dépavent la place de l'Étoile, pénètrent et dévastent l'Arc de triomphe, s'approchent de l'Élysée, se souviennent, veulent lui répondre. « Crâmon, ceux qui ne sont rien viennent te chercher ! » Ils sont venus pour rien, le Président se trouve en Argentine pour la conférence du G7. Mais de Buenos Aires il a des mots pour eux… « Ce qui s'est passé aujourd'hui à Paris n'a rien à voir avec l'expression pacifique d'une colère légitime. Les auteurs de ces violences veulent le chaos. » À Marseille, une vieille dame algérienne est morte à l'hôpital, la mâchoire fracassée par une grenade lacrymogène. Elle regardait la manifestation de sa fenêtre.

Le chaos, on le frôle quatre jours plus tard, au Puy-en-Velay, dont la préfecture a été incendiée. Crâmon comptait s'y rendre discrètement, en Falcon non identifié, la tour de contrôle serait prévenue au dernier moment. Le réseau jaune l'a repéré à l'aéroport. En sortant de la cour du bâtiment calciné, la voiture présidentielle reçoit une pluie d'injures… « Fils de pute ! Bâtard ! Crève ! » Le cortège officiel fonce dans les rues de la ville, freiné par la circulation et les feux rouges. Un homme se jette sur la voiture de Crâmon, cogne à la vitre en hurlant. Sans les membres de la sécurité, plus de Président.

Crâmon, amaigri, blême, soucieux, dans le bureau d'angle.

— Ils me tueront peut-être d'une balle. Mais jamais d'autre chose… Ça va, toi ? Il paraît que c'est la panique ici.

— On nous a demandé de vider nos bureaux et les ordinateurs en prévision d'une attaque. Plusieurs collaborateurs réclament une protection policière.

— Petites natures, dit Crâmon. C'est moi qu'on vise.

— Tu as un plan ?

— Réfléchir. Prendre conseil auprès de vieux crocodiles de droite, de gauche, du centre. Me remettre à la boxe.

Avec Béatrice, tailleur fuchsia, collants chair, à 70 mètres sous terre, dans le poste de commandement Jupiter, accessible de ses appartements privés par un escalier dérobé. Nous ne sommes pas seuls dans l'abri antiatomique élyséen. Des militaires lui font visiter les lieux où elle se réfugierait avec son mari au cas où les Jaunes investiraient le Palais. On redoute une attaque par les égouts. Les jambes de Béatrice sur la moquette bleue du blockhaus ultramoderne, on dirait des aiguilles qui décomptent les heures.

— Comment sortir de cette Bastille souterraine en cas de malheur ?

— Un hélicoptère se tiendra prêt à décoller dans le jardin, dit le commandant. Il vous emmènera, vous et le Président, vers des cieux plus sereins.

— Mais il y a peu de risques, dit l'autre gradé. On a sécurisé la zone englobant l'Élysée, l'Intérieur place Beauvau, la place de la Concorde et l'Assemblée nationale.

Le fameux « bunker institutionnel ».

— Avec des VBRG, des véhicules à roues de la gendarmerie, précise le commandant. Contre-tir sous tourelle, tir de grenades lacrymogènes sous tourelle, diffusion de gaz lacrymogène. Pour certains, équipés d'une lame pour dégager les rues. Des blindés flambant neufs !

Repeints et hors d'âge. Tout le contraire de Béatrice qui ne m'a jamais paru si jeune, si émouvante, si recueillie, face au danger.

Je regarde le long direct insurrectionnel sur la chaîne RT, financée par les Russes. Ces derniers jours, certains se demandaient si des officines russes ou de la droite américaine ne soufflaient pas sur les braises jaunes. L'enquête n'a rien donné, évidemment. Il suffit de lire les visages des manifestants, d'observer leurs mouvements si sûrs, leur fougue, leur patience. Cette colère n'est pas transmissible, ni manipulable, elle est enkystée, viscérale. Sur les Champs-Élysées, une jeune femme fauchée par la trombe d'un canon à eau se relève aussitôt pour aider un vieux coincé sous une barrière métallique. Une autre éteint un feu dans une poubelle. Les femmes sont les plus déterminées, les plus dévouées à la cause jaune, elles calculent chaque jour le prix de la vie. Cette révolte, cette solidarité viennent de plus loin que de Russie, des États-Unis, de Crâmon. Elles viennent du ventre et du cœur de ce putain de pays qu'on voulait bouger. C'est réussi.

Les smartphones filment ce qu'on ne voit pas sur les télés. Les nasses policières, les crocs-en-jambe, les volées de matraques, les jets de grenades de désencerclement, les tirs de flash-balls LBD dans le tas humain. Crânes fendus, mains arrachées, éborgnements, mares de sang, hurlements… « Arrêtez, par pitié, arrêtez ! » Sous-payés, cantonnés dans des commissariats pisseux, désavoués par les juges qui libèrent la « racaille » durement appréhendée, on dirait que les flics se revanchent d'une humiliation endémique, structurelle, aggravée par les injures, les coups, les pavés reçus de ceux qui pourraient être leurs voisins, leurs cousins, leurs potes, et qui le sont parfois. Brelan, le fan de Stu Ungar et néo-ministre de l'Intérieur, se dit sidéré par les accusations de violences policières… « Certains manifestants sont venus pour tuer. Ces trois dernières semaines ont fait naître un monstre qui a échappé à ses géniteurs. » Après Ungar, Frankenstein.

Crâmon va s'adresser à la nation des Gilets jaunes. Préparation du discours dans le bureau d'angle devant la tapisserie *Lavande* d'Alechinsky.

— Au fond, que veulent-ils ? dit le Président. Vivre de leur travail et payer moins d'impôts. C'était l'un des axes de la campagne d'En Route. Quelque part, je suis le premier des Gilets jaunes…

— Montre-le. Geler la taxe sur le carburant, c'est insuffisant. Parle d'une colère profonde. Les salariés qui se lèvent tôt et rentrent tard. La veuve ou la divorcée qui en bave pour élever ses enfants. Les retraités qui aident parents et enfants. Les handicapés invisibilisés. La laïcité bousculée par de nouveaux modes de vie. Les territoires écartés de la modernité.

Crâmon prend des notes, relit.

— « Sans doute n'avons-nous pas su depuis un an et demi y apporter une réponse suffisamment rapide et forte... »

— Bien... Reviens sur tes propos qui ont blessé... Augmente le SMIC de 100 euros, sans charges pour l'employeur. Prime de fin d'année pour les patrons qui le peuvent, sans impôt ni charge. Annule la CSG pour les petits retraités à moins de 2 K mensuels.

— Ça va coûter combien ?

— Environ 10 milliards.

— Pas cher pour sauver sa peau, dit Crâmon. Mais pas question de rétablir l'impôt sur la fortune. Les grands donateurs d'En Route ne comprendraient pas.

Rien n'y fait. Le théâtre jaune rouvre tous les samedis en matinée et soirée. Aujourd'hui, nouvelle année, acte VIII. Des manifestants juchés sur un chariot élévateur ont enfoncé la porte cochère du ministère de Bidard, promu porte-parole du gouvernement. Apeuré, il s'est enfui en courant de la rue de Grenelle, a pu couper par l'esplanade des Invalides, traverser la Seine, avant de se retrouver bloqué avenue de

Marigny par un peloton de gendarmes protégeant le Palais. Coctel est allé le récupérer.

— Les Gilets jaunes commencent à faire chier ! dit Bidard. Chacun sa merde. Je ramassais 16 K par mois dans l'immobilier. Deux fois mon salaire de secrétaire d'État. Aujourd'hui, je ne peux même pas être propriétaire à Paris.

— Même avec le salaire de ta femme productrice ?

— Oublie ma femme. Oublie les femmes des autres.

Un groupe en gilet jaune filmé en train de faire des quenelles sur les marches du Sacré-Cœur. Un autre traitant un pauvre académicien juif de « sale sioniste » à Montparnasse. D'après un journaliste-écrivain-philosophe, non moins académique, l'antisémitisme est au cœur du mouvement des Gilets jaunes. Un ramassis de factieux, de complotistes, d'antisémites, de feignasses qui occupent leurs loisirs à lire les annales révisionnistes. Brocardés à longueur de cortèges, les médias mainstream reprennent le refrain.

Message paternel : « Toujours la même histoire... La captation, l'instrumentalisation de la Shoah à des fins politiques. J'en ai parlé à Bronner, le vendeur de journaux. Il m'a dit :

Les Juifs sont concernés par les luttes de classes comme les autres, je suis juif et je n'ai rien en commun avec un Rothschild ou Safra, je suis Gilet jaune, juif et pauvre. »

Au téléphone, Chicchi craint une vague de féminicides déclenchée par les hordes jaunes.

— Ils ont menacé une députée des Yvelines de lui cramer la chatte !

— Comment ça ?

— Au fer chaud !

— Ce n'est pas ce que je te demande, Greta. Comment l'ont-ils menacée ? Sur Twitter, Facebook, YouTube ? Si c'est en ligne, il faut porter plainte.

— Ils ont envoyé une lettre anonyme à l'Assemblée. Tu te rends compte, Clausewitz ?... La chatte d'une députée !

Nouveaux ennuis pour El Glaoui, mis en examen pour l'usage de ses passeports diplomatiques lors de ses nombreux voyages depuis son licenciement de l'Élysée. Son dernier déplacement au Tchad avec un homme d'affaires israélien étonne et/ou emmerde tout le monde, pour s'être déroulé trois semaines avant celui de Crâmon à N'Djamena en décembre. Devant les enquêteurs sénateurs, le ministre des Affaires étrangères a juré que l'ambassadeur en poste ne l'en avait pas informé (sourires en coin dans l'assistance), qu'il l'avait appris par la presse avant la dinde de Noël. Pareil pour le directeur de cabinet de la Présidence, qui dit tout ignorer des mouvements africains elglaouiens, avec une once de mépris dans la voix. Question préalable : pourquoi ne pas avoir désactivé les passeports diplomatiques d'El Glaoui après son éviction du Palais ? Techniquement compliqué au plan informatique (on a trouvé la solution depuis). Et puis l'usage veut qu'on les rende.

Synthèse et analyse personnelles de l'audition de César El Glaoui devant la commission d'enquête sénatoriale

La commission s'étonne qu'El Glaoui ait demandé le renouvellement d'un passeport diplomatique alors que sa rétrogradation à l'Élysée ne le justifiait plus. Et veut savoir pourquoi cette demande a été faite auprès du ministère des Affaires étrangères et non, comme c'est la règle, par les services du protocole de l'Élysée. César écarte ces questions, excipant qu'elles concernent l'information judiciaire et que ses déclarations devant les sénateurs pourraient être retenues contre lui par la justice. Il veut éviter le risque d'auto-incrimination. Les sénateurs contestent cette position qu'ils considèrent comme une défausse et posent d'autres questions.

Un sénateur

— Vous avez utilisé vos passeports diplomatiques dès août, si j'ai bien compris ?

El Glaoui

— La première semaine, après mon licenciement. Je les ai restitués fin août. On me les a rendus en octobre dans un sac plastique.

Un sénateur

— Dans la rue, avez-vous dit. Qui ?

(Qui se pensait assez *couvert* pour remettre à César des documents réclamés par le Quai d'Orsay dans une affaire suivie par le cabinet présidentiel ? Je suis conseiller. Je ne réponds pas.)

El Glaoui

— Cette question relève de la justice.

Un sénateur

— Pourquoi avoir accepté ces passeports ?

El Glaoui

— J'aurais dû les laisser dans ce sac plastique. J'ai fait une connerie. Je l'assume.

(Avançons le motif de frime nudgée. Un passeport diplomatique n'évite pas les contrôles à l'aéroport, mais en jette en Afrique et ailleurs.)

Un sénateur (insidieux)

— Vous dites avoir averti la plus haute autorité française de vos voyages…

El Glaoui

— J'en ai avisé des membres de la Présidence, par courtoisie républicaine.

Un sénateur

— Qui ?

El Glaoui

— Je ne donnerai aucun nom, aucune fonction. En l'occurrence, j'ignorais que le Président irait à N'Djamena. J'ai informé l'Élysée de mon déplacement au Tchad *a posteriori*.

(Sur Telegram, Crâmon et El Glaoui parlaient de la pluie et du beau temps partout ailleurs qu'en Afrique.)

El Glaoui ne répond pas à la question de savoir s'il s'est rendu à l'Élysée après son licenciement, au motif que l'information judiciaire peut viser la période postérieure à ses fonctions. Mais la commission veut savoir s'il a continué à collaborer avec la présidence de la République.

El Glaoui (sémantique)

— Cela dépend de ce que l'on entend par « Présidence ». Le bâtiment ou l'institution.

Un sénateur (troublé sémantiquement)

— Vous faites un distinguo entre le bâtiment et l'institution ?

El Glaoui (catégorique)

— Tout à fait.

Un sénateur (amusé)

— Monsieur El Glaoui, nous aimons les belles histoires, mais là, vous déposez sous serment. Ce qui s'est passé après votre départ nous regarde.

On rappelle à El Glaoui qu'il n'a pas déclaré ses nouvelles activités à la commission de déontologie, afin qu'elle s'assure qu'elles n'avaient aucun rapport avec ses anciennes missions. Il répond qu'il est passé par des moments compliqués et qu'il va remplir sa déclaration dans l'après-midi.

Un sénateur

— Avez-vous été reçu par des chefs d'États en regard de vos anciennes fonctions ou parce que vous pouviez communiquer avec l'Élysée ? Lors de ces conversations, rien ne concernait la défense ou la sécurité ?

El Glaoui

— Si un chef d'État étranger a envie de discuter avec moi, c'est son droit et le mien. Je n'étais pas au Tchad pour faciliter une affaire ou remplir une mission pour mon ancien employeur. Je n'ai jamais collaboré professionnellement avec l'Élysée après mon licenciement.

Un sénateur

— Qui vous rétribue aujourd'hui ?

El Glaoui (ferme)

— Cela ne vous regarde pas.

Un sénateur (vif)

— Mais si !

El Glaoui (narquois)

— Ne vous énervez pas, monsieur le Sénateur.

Le sénateur (spirituel)

— Je ne m'énerve pas, je suis plein de conviction. Votre silence nourrit le soupçon. Vous le comprenez ?

El Glaoui (las)

— Tout à fait. Mais, encore une fois, les déplacements effectués avec les passeports diplomatiques, à quelque titre que ce soit, relèvent de l'instruction.

Un sénateur

— Vous avez dit avoir organisé des rendez-vous avec un homme d'affaires à l'Élysée pendant vos fonctions. Confirmez-vous ?

El Glaoui

— Non. Je ne commente pas les articles de presse.

(À raison. L'Élysée et la presse fourmillent d'hommes d'affaires.)

Un sénateur

— Connaissez-vous l'oligarque russe M. Alexeï Karamazov ?

(Un milliardaire. Proche, comme ses deux frères, du président de la Fédération de Russie.)

El Glaoui

— À travers les médias. Je ne l'ai jamais rencontré.

Un sénateur

— Saviez-vous que votre ami M. Rémy Brouille collaborait avec M. Karamazov ?

(Brouille, un ami d'El Glaoui, du petit monde de la sécurité des biens et des personnes. La commission veut savoir si El Glaoui a participé à la négociation d'un contrat de sécurité pendant qu'il était en poste à l'Élysée.)

El Glaoui

— J'étais au courant de ses affaires, mais je n'ai jamais contribué au moindre contrat passé par M. Brouille.

Un sénateur (insistant)

— Avez-vous eu des contacts avec un proche de M. Karamazov ?

(Question biaisée. Selon la théorie des six degrés de séparation datant de 1929, tout le monde sur la planète à un contact avec un proche de M. Karamazov. Les degrés se sont même réduits à quatre avec Facebook.)

El Glaoui

— Je refuse de répondre à des questions que me pose la presse dix fois par jour.

Un sénateur (piqué)

— Nos questions ne sont pas celles des journalistes. Le statut de vos réponses n'est pas le même que celles que vous leur faites. Nous allons nous en tenir là.

On déjeune tranquilles dans l'arrière-salle d'un restaurant. Quelque part. El Glaoui a dénoué sa cravate, rangé ses lunettes. Il en a marre.

— Lourds, les sénateurs. Et ces passeports, vous les avez rendus, pas rendus ? Et ces voyages, vous en avez informé qui, quoi, comment, où ?...

— Insistants, mais rationnels, logiques, beaucoup de tenue. Le président de droite et le rapporteur socialiste, surtout. Il nous faudrait des hommes comme ça au gouvernement. Même s'ils ont dépassé la limite d'âge.

— Comme si j'avais besoin d'informer de mes déplacements, dit César. Je suis radioactif. Dès que je pose un pied quelque part, ça sonne de tous les côtés... Une heure à tourner autour du pot pour savoir si je travaillais pour mon compte avant d'avoir été viré et pour Crâmon après avoir été viré.

— Pour ne pas savoir surtout.

El Glaoui incarcéré pour infraction à son contrôle judiciaire. *Newspart* a sorti l'enregistrement d'une conversation avec l'ami Brouille à qui il ne devait pas parler. D'où viennent ces écoutes aux mélodies policières ? « Je suis conseiller. Je ne réponds pas. » Mais mon nom réapparaît en pointillé dans la presse, cité comme un « collègue », un « proche » ou un « ami » de César El Glaoui. C'est le moment de parler à Crâmon. J'ai mis en forme des notes à l'aide d'un logiciel de fiction, trouvé un éditeur.

— Un livre, toi ?

— Pourquoi pas ? Tout le monde écrit des livres. Le ministre de l'Économie Mairle, le Premier ministre Grandneux, Chicchi tous les jours sur ses heures de travail.

— Chicchi mélange les genres, c'est sa fonction, dit Crâmon. Grandneux écrit à quatre mains, comme on dit, et c'est deux fois pire. Mairle, c'est très bien, assez olé-olé par moments.

— Il a débuté dans la série rose d'Harlequin.

— Tu vas voir qu'El Glaoui va bientôt nous pondre un bouquin, lui aussi. Le tien, tu l'as écrit tout seul au moins ?

— Oui. Je me suis conseillé.

— Où trouves-tu le temps ? demande Crâmon. Je t'envie. L'écriture, la fiction me manquent. J'ai commencé des Mémoires, mais le devoir de vérité d'un chef d'État est terriblement astreignant.

— Je dors très peu. Mais plus je suis fatigué, plus je rêve. Et plus je rêve, mieux je me repose.

— Les vases communicants d'André Breton, dit Crâmon. Même en cas de cauchemar ?

— Ils sont rares.

— Qu'est-ce qu'il y a dans ce roman ?

— C'est la chronique d'un conseiller politique. Personnages pittoresques, folie du pouvoir, théâtre, outrance, onirisme... Un divertissement pour temps de crises. Je te passerai un jeu d'épreuves, si tu veux.

— Pas la peine, dit Crâmon. Je le lirai avec ta dédicace. Tu as un titre ?

— *On va bouger ce putain de pays.*

— C'était notre cri de guerre.

— Celui des meilleurs d'entre nous.

— Combien d'à-valoir ?

— Dix mille.

— Une misère. Les romans ne se vendent pas. Ou pas longtemps. Tu vivras de quoi si tu quittes l'Élysée ?

— Le conseil. Dans le privé, évidemment... Start-up !

J'attends qu'il reprenne notre ancienne devise de mousquetaires. Rien.

— HTLM me propose une mission de stratégie dans l'environnemental. À tiers temps. Bien payé.

— Quentin... Écrivain ou pas, pour les médias, tu seras toujours mon conseiller spécial, mon premier de cordée. Si tu démissionnes, on dira que c'est à cause de l'affaire El Glaoui. Publie ce roman et reste ici, en politique, avec moi. On ne compte plus les conseillers devenus ministres.

Exactement ce que je voulais entendre.

— Il sort quand ton livre ?

— Dans un mois.

— El Glaoui sera libéré depuis longtemps.

Mon père au téléphone.

— Merci, fils, je l'ai reçu. Écrire un livre sans avoir jamais rien lu... Chapeau !

— Rien lu, mais beaucoup écouté pendant des années. Toi, Grand-Père...

— Oui, ça s'entend par moments. Et ça me touche.

Ce soir, baptême du feu médiatique. Invitation au direct CFM Soir Info, l'émission de Philippe Crevart, pour promouvoir mon roman. L'attachée de presse de la maison d'édition s'est excusée… « Un problème de crèche. » Lamina m'accompagne… « C'est la dernière fois. Tu sais quoi ?… Je vais être nommée porte-parole du gouvernement ! » Elle me débriefe dans le taxi sur les chroniqueurs du « gang à Crevart »… « Une grosse tête de Normale Sup qui se la pète. Une meuf un peu sorcière mais sympa. Un vieux réac en tweed style gentleman-farmer. »

Dans la loge de maquillage, petit travail au niveau du cou à cause des rougeurs. J'ai rasé ma barbe. La porte s'ouvre, un type passe la tête, fait risette. C'est Crevart. Lunettes à monture rouge, collier poivre et sel, costume croisé à rayures, chemise et pochette bigarrées, boutons de manchettes scarabées, pompes vernies, la touche mafieux de variétés. Les cheveux ont blanchi, bleui, depuis le temps où le bonhomme commentait les matchs de football.

— À tout à l'heure, monsieur le Conseiller spécial.

Le bougre s'esquive dans des effluves de parfum.

— Crevart aboie à l'antenne, mais c'est un bon toutou, dit Lamina.

Je passe en seconde partie de l'émission. On regarde la première sur l'écran de la pièce réservée aux invités : *La Joute. Michel Lenormand-Éric Mamour.* Le premier, présenté comme « philosophe », porte un pull col en V noir, démodé mais assorti à sa personne, funèbre. « Un philosophe, c'est quelqu'un qui créé. Simplement, il crée un genre de chose tout à fait spécial. Il crée des concepts », dit Deleuze sur YouTube. Lenormand, cent bouquins, zéro concept. Face à lui, à l'affût, l'aiglon Mamour, le fameux « polémiste de droite », hilare en costume satiné, guette la question, prêt à bondir de sa chaise-perchoir, à fondre sur sa proie de gauche ou à s'envoler vers les cimes de l'analyse politique… « Alors là, je vais vous dire… » Mamour dit toujours la même chose… « Péril islamique… Immigration incontrôlée… Grand Remplacement… Angélisme de gauche… Schizophrénie de droite… Génie de Napoléon… Le grand historien Braudel… Lucidité de De Gaulle… » Mamour crépite, bulle de mots, de citations. En bout de table, le monial Lenormand, mains jointes et regard mort, écluse sans broncher la crue verbale du concurrent, avant d'ouvrir ses vannes en sens inverse, sur un débit plus calme, plus philosophe… « Je vous écoute depuis cinq minutes. Libre à vous de polémiquer… — Je ne polémique pas, j'argumente ! Le polémiste est une femme qui s'ignore… — Je ne vous ai pas interrompu. Je disais que le peuple est le grand oublié de l'État profond, celui que

Nietzsche appelait le plus froid des monstres froids… — Je ne suis pas le seul à citer les grands auteurs… — Laissez-moi parler à la fin ! — Pardon, Michel, pardon… » Quand Mamour se tait, il parle encore, des doigts, des épaules, opine, dodeline, grimace, s'esclaffe, tressaute, se tortille, explose… « C'est faux ! Archifaux ! Et vous le savez très bien… Sur le peuple, vous ne me la ferez pas. Je suis né à Montreuil, j'ai passé mon enfance à Drancy… — Et moi dans un patelin de l'Eure, je connais la bouse ! — Ben voyons… — Éric, attention à ne pas prendre les gens pour plus intelligents qu'ils ne sont avec vos citations… Relisez *De la démocratie en Amérique.* — Relisez plutôt ses *Souvenirs*, cher Michel ! » Ils ont tout lu, ne peuvent que relire. Je les plains.

— Lamina, qui nous épargnera les poncifs de l'incorrection ?

Partie fumer à la fenêtre, elle jette son mégot dans un vase.

— Éteins ton portable. C'est ton tour après la pub. Si une question t'emmerde, tu mens. Il faut mentir pour protéger le Président.

Pourquoi mentir ? On peut faire mieux.

Entrée sur le plateau. Babillages. Ambiance apéro.

— Vous êtes l'un des fondateurs d'En Route, dit Crevart. Conseiller spécial de Cyril Crâmon à l'Élysée. Shadow cabinet, comme disent nos amis anglo-saxons ! En tout cas, un jeune homme secret, machiavélique pour certains. Vous n'aimez pas beaucoup les journalistes…

— La preuve, je suis là ce soir.

— On a cité votre nom dans l'affaire César El Glaoui…

— En tant qu'ami, collègue, camarade. Des citations sentimentales.

— El Glaoui vous a déçu ?

— Aucunement. Je l'aime beaucoup. Je connais son parcours, ses valeurs. Il a fait une bêtise, mais on en a raconté tellement à son endroit.

— Un fanfaron qui s'est servi de sa position…

— Pour l'instant, il est présumé innocent.

— Le Président le protège ?

— Le Président protège tout le monde.

— Est-ce qu'ils se parlent encore ?

— Demandez-le-lui.

Le téléphone de Crevart vibre sur la tablette. Il jette un œil sur le SMS, puis un autre, plus sourcilleux, aux chroniqueurs. On dirait un signal.

— Bon… On passe au livre. Votre roman, c'est l'histoire d'un jeune homme qui s'engage en politique, qui y croit au départ. Et puis, et puis, c'est un peu les *Illusions perdues*… D'ailleurs, vous êtes de Vendôme, comme Balzac.

— Balzac est de Tours. Et moi, de Blois.

— C'est pareil, dit la sorcière sympa.

— Pardon à nos amis de province ! dit Crevart. C'est un roman à clef ? On croit reconnaître certains personnages, le Président lui-même…

— Non, c'est de la pure fiction. Le Président est fictif.

— Il l'a lu ?

— Je ne sais pas. Il est très occupé.

— Allons plus au fond, dit Grosse-Tête. À votre thèse, au-delà du romanesque. L'ancien clivage gauche-droite s'est mué en bipolarité progressisme-populisme…

— On n'est pas à la Sorbonne ! dit Crevart en braquant ses binocles rouges sur l'intellectuel.

— Je finis… Tout se passe comme si le progressisme provoquait le populisme pour mieux le réprimer. C'est ça, Quentin Ixe ?

— Vous voulez une réponse de romancier ou de conseiller ?

— De politique, c'est plus sérieux.

— Et plus compliqué. Il y a un progressisme populiste.

— C'est ahurissant ! s'exclame le gentleman-farmer réac.

— Comme la fin du livre, dit la sorcière sympa.

— On ne *spoile* pas, articule Crevart. Retour aux choses sérieuses. Cyril Crâmon sera-t-il candidat à sa propre succession ?

— Il n'en parle jamais.

— Mais il y pense toujours ! Allez, vous pouvez nous le dire... On ne le répétera pas !

— S'il échoue à faire appliquer son programme, le programme d'En Route, il ne pourra pas se représenter.

— Sérieux ?

— Sérieux.

— Quentin Ixe, merci d'être passé. Saluez le Président de notre part. Dites-lui qu'il est le bienvenu dans l'émission. C'est quand il veut.

Je rallume mon portable dans le taxi. Message d'El Glaoui : « Salut, gros. C'est le fanfaron. J'ai bien aimé tes propos sur la présomption d'innocence. Moi aussi, je t'aime beaucoup. » Message de Crâmon : « Merci pour ton livre et la dédicace pour moi et Baba. J'ai bien apprécié les passages sur ton enfance, ton grand-père. Le personnage du Président m'a bluffé. Baba a des réserves sur la narration. C'est son côté prof de français. Elle t'en parlera peut-être. »

Lamina se tourne vers moi.

— Il faut qu'on s'arrête, je dois acheter des clopes. Tu sais quoi ?... Tu vas en vendre trois. Les gens n'ont rien à foutre du roman d'un conseiller de Crâmon. C'est lui, le roman.

Je rentre à pied de l'Élysée dans une odeur de brûlé. Crâmon vient d'annuler son discours télévisé prévu ce soir sur le grand débat national. La coiffe de Notre-Dame s'est embrasée. Flèche effondrée, toiture, voûte, charpente de chêne, nef, chevet, en cendres. Au loin, du pont Alexandre-III, une nappe de fumée stagne au-dessus de Seine et tache le crépuscule. Ma mère, catholique comme savaient l'être ses aïeux espagnols, m'appelle.

— Je prie pour qu'elle ne s'effondre pas. Qu'est-ce qui s'est passé ?

— Trop tôt pour le dire, Maman. Mais on va avoir droit à la thèse de l'acte terroriste. Islamistes ou Gilets jaunes.

— Ce vieux pays souffre trop depuis des années. Les attentats, les manifs, des larmes, du sang, et maintenant le feu. Le supplice ne cesse pas. C'est comme si Notre-Dame s'immolait par compassion, charité, sacrifice.

La fête du Travail ne nous réussit pas. L'année dernière, El Glaoui s'en prenait à un mec place Paul-Painlevé. Aujourd'hui, Brelan de l'Intérieur et Grandneux déclarent aux médias que des manifestants déchaînés ont attaqué le service réanimation de la Salpêtrière et menacé la vie des patients. Bluff bestial vite éventé par les médecins et les infirmières de l'hôpital. Les manifestants pacifiques fuyaient les lacrymos et une meute de policiers.

SMS paternel et réponses : « Ce Brelan, quel connard impudent ! Il ferait regretter Charles Pasqua. — Pas d'insulte, Papa. On peut le caractériser plus subtilement. — L'insulte n'est pas une langue pauvre, c'est une langue adaptée. »

Crâmon dans le bureau d'angle, devant la maquette d'un Canadair offerte par un syndicat de pompiers.

— On va sécuriser le terrain. Escadron de drones, reconnaissance faciale numérique, création d'un conseil de l'Ordre des journalistes contre les fake news. Le plus urgent, une loi contre les diffuseurs de haine. Obligation d'une instance modératrice pour tous les réseaux sociaux.

— Mauvaise idée. Le numérique modère déjà la réalité. Les gens se pourrissent sur Twitter et vont tranquillement se finir sur des sites pornos.

— Pas tous, malheureusement. Sans Twitter et Facebook, on n'aurait pas les Gilets jaunes sur le dos.

— Ce serait pire. Les réseaux sociaux font descendre les gens dans la rue, mais ils en retiennent encore plus chez eux.

— Tu as vu ce que je prends après la dernière bourde de Brelan ? Les commentaires sur YouTube ? Abjects. De la haine pure.

— Tu veux mon avis ?

— C'est pour ça qu'on te paie.

— La haine, c'est la nouvelle appellation du Mal. Une abstraction, une obsession de religieux. Toi qui l'es si peu... En réalité, rares sont les gens qui haïssent vraiment, pratiquement. Ils n'en ont plus la force ni l'attention. La haine exige un certain degré de concentration. C'est un phénomène gazeux qui se dissout dans le langage. Tant qu'il y a des mots, la haine est contenue.

— Bon.

(Traduction : autant pisser dans un violon.)

Message paternel. « Interdire les propos racistes sur l'internet, c'est comme humaniser les banlieues. Tout le monde sait qu'il est trop tard, que notre monde est celui du trop tard, que la violence est devenue la raison du monde. Le vivre ensemble, c'est le mourir ensemble. »

Le repreneur de Worstpool s'est planté. Liquidation judiciaire. Troisième visite de Crâmon aux employés floués d'Amiens. Lamina m'envoie des images du dialogue social mené par le Président.

— Je ne vous ai pas raconté de salades. Au printemps 2017, je vous avais dit les yeux dans les yeux que ça fermerait. Mais que je m'engageais à ce que les salariés retrouvent un emploi.

— Comment avez-vous pu être aussi naïf ? demande un ex salarié.

— J'ai jamais lâché l'affaire.

— On arrive à Pôle Emploi et on nous dit : Vous avez plus de 45 ans, vous êtes des seniors, vous êtes trop vieux pour les formations.

— On va changer les mentalités, réparer les destins.

— Oui, on a été rabaissés, dit une ex employée.

Je reconnais à peine cette femme croisée sur le site de l'entreprise pendant la campagne. Elle a pris dix ans, ne s'en cache pas.

— Le temps presse, monsieur le Président. On vieillit, vous savez.

— Moi aussi, ne vous inquiétez pas, répond Crâmon.

La femme rabaissée ne peut s'empêcher de sourire. La légèreté, l'humour, l'ironie, les maladresses, l'arrogance, tout ce qu'on reproche au Président dans ses rapports avec le « petit peuple », c'est ce qu'il garde d'humain, de spontané, d'authentique, de populaire, finalement.

Aujourd'hui, un pénis en main présenté comme celui de Bidard, prétendant à la mairie de Paris, est apparu en érection matinale sur un site. Chicchi se repasse les images en boucle… « C'est la main qui m'intéresse. Bidard a de belles mains. » Bidard a immédiatement reconnu les faits. L'Ardéchois cœur fidèle avait envoyé la vidéo à une amante de passage. Le petit ami de la fille, un activiste russe spécialisé dans les performances artistiques, l'a mise en ligne. Fin de partie pour Bidard à Paris. Tombé par le sexe, comme le « dieu » Eleski. À l'époque, il criait à la machination contre l'Économiste. C'est souvent plus simple, l'économie libidinale. Bidard, un ami, un grand frère, l'un des meilleurs d'En Route, victime d'une saloperie. Je l'appelle. Injoignable. Tant mieux, il m'aurait entendu. Crâmon ne décolère pas… « Un chargé de mission qui joue les Rambo. Un député d'En Route qui se prend pour Rocco Siffredi… De la série Z, un nanar permanent. » El Glaoui, enjoué au téléphone… « Se faire avoir par un type qui s'est cloué le scrotum sur la place Rouge… » Les visages de la fille et de l'artiste sont rapidement dévoilés par la presse. Bidard condamne l'atteinte à l'intimité de sa vie privée, consolé par la plupart des médias. Comme si Bidard n'avait jamais eu qu'une vie privée, et jamais de vie politique. Et l'atteinte à l'intégrité de sa vie politique, à la confiance de ses collaborateurs et des gens qui l'ont élu député ? Notre vie, à En Route, c'était d'abord la politique. Après l'élection présidentielle, Bidard avait vite redouté l'inféodation du mouvement, sa castration par Crâmon. Quel deuil politique l'a mené un matin à filmer son sexe en privé ?

Après l'Oise, le Haut-Rhin, la Corse, le coronavirus de Wuhan progresse dans le pays. Le chiffre des contaminations explose, les services de réanimation paniquent, les morts s'accumulent. Crâmon annonce un confinement à la télévision, suivant l'exemple chinois. Je n'ai pas participé à l'élaboration du discours. Je le découvre : trop long. « Nous sommes en guerre… L'ennemi est là, invisible, insaisissable, qui progresse… Nous sommes en guerre… » La pose Duce et en même temps Gramsci… « Lisez, retrouvez ce sens de l'essentiel. C'est important dans les moments que nous vivons. La culture, l'éducation, le sens des choses est important. Évitez l'esprit de panique, de croire les fausses rumeurs, les demi-experts ou les faux sachants. La parole est claire, l'information est transparente et nous continuerons de la donner. Nous sommes en guerre. »

Pour Jérôme Verlan, le ministre de la Santé, l'usage du masque chirurgical en population générale est inutile face au virus. Cela tombe bien, les stocks sont vides et Lamina se bat avec l'élastique… « Tu sais quoi ?…. C'est plus chiant que de mettre un chouchou ! »

On a fermé les lycées à Blois comme ailleurs. Mon père doit enseigner la philosophie à distance. Il m'appelle un samedi, sûrement pour un état des lieux.

— Ta mère est en télétravail. Normal, c'est l'inhumanité consubstantielle aux assurances. Mais les cours en distanciel… Fumisterie ! En classe, les mômes étaient déjà ailleurs. Là, ils ont complètement disparu des radars. Sans compter la connexion qui foire une fois sur deux.

— Tu sors un peu ?

— Tout le temps. Je préremplis des autorisations de déplacement et j'ajoute l'heure dans la rue. Mercredi, j'ai passé l'après-midi dehors à profiter du printemps.

— Dans un rayon d'un kilomètre autour de la maison ?

— Je les emmerde avec leur ausweis, dit mon père. La mairie croule sous les appels et les lettres de délation. Tu piges tout de la psyché collabo. Gaullistes et en même temps pétainistes et en même temps crâmonistes.

— N'oublie pas d'applaudir le personnel soignant à 20 heures.

— Mascarade. Les soignants veulent du fric, pas des bravos. C'est comme les profs. Je te passe ta mère…

« Lalala… » en fond sonore. Fredonnements ibériques à l'approche…

— Mi hijo !

— Maman… Faites gaffe quand même…

— Ce covid, ce n'est quand même pas la grippe espagnole, et je sais de quoi je parle… On fait attention. On se supplémente en zinc, en vitamines C et D. Et si on le chope, on prendra l'hydroxychloroquine du grand professeur de Marseille.

L'infectiologue de renommée mondiale aux cheveux longs et à l'allure de barde que Crâmon a surnommé Épidémix, « le parfait exemple du Gaulois réfractaire ».

— Et toi, mon chéri, comment ça va dans le sana parisien ?

Jours de confinement. Sous le ciel plombé, décor de film catastrophe, avenues désertes, sirènes d'ambulance, ronde lente de policiers. Les panneaux de la propagande sanitaire répondent aux publicités caduques des voyagistes. « Restez chez vous. » « Évadez-vous. » Les rares passants se repèrent de loin, s'évitent, changent de trottoir. Dans mon immeuble, ma voisine de palier a calfeutré sa porte et scotché le trou de sa serrure pour refouler le virus. Seuls restent ouverts les commerces de première nécessité, rideau sur les bars, les cinémas, les librairies, etc. Sur Facebook, des écrivains racontent que le confinement ne change rien à leur vie, ils ont l'habitude de travailler cloîtrés, domestiqués. Je me félicite d'avoir échoué à faire l'écrivain. Et plus encore de pouvoir circuler librement, par habilitation, pour raison d'État. Au Palais, le tactile Crâmon macule la veste de ses interlocuteurs de gel hydroalcoolique. À l'entrée du Salon des Ambassadeurs, Chicchi réduit les bises avant le Conseil des ministres et prévoit une hausse des violences conjugales… « Les hommes boivent et leurs femmes trinquent. Quand ils ne peuvent plus aller se torcher au bistro et mettre la main au cul des serveuses, elles morflent deux fois plus. Il faut des mesures d'éloignement. » Béatrice, très éloignée. Des semaines qu'on ne s'est pas croisés. J'ai eu de ses nouvelles par un journal féminin qui l'interrogeait sur ses auteurs favoris… « Le génie, c'est Rimbaud. Les poètes savent dire l'indicible. » Message reçu. Rimbaud, conseiller spécial.

Chaque soir, derrière son pupitre translucide, le directeur de la Santé, un homme corpulent au teint rose et à la coupe de skinhead, égrène son point presse coronavirus. Toujours le même incipit… « En ce qui concerne la mortalité… » Aujourd'hui, on déplore 3 024 décès en milieu hospitalier depuis le 1er mars. 82 % de ces victimes ont plus de 70 ans… » Plus qu'hier et moins que demain du fait d'un rattrapage de saisie des données. À côté de l'homme rosi et rasé, une femme se déhanche, grimace, agite les mains. On dirait qu'elle se moque du directeur de la Santé, lui fait des doigts, des bras d'honneur. C'est la traductrice en langue des signes à l'usage des nombreux sourds et malentendants.

Dans les EHPAD, des milliers de vieux meurent du covid sans avoir revu leurs proches. Dans les hôpitaux, les familles sont empêchées d'approcher les victimes et d'accompagner dignement leurs dépouilles au cimetière. Certains ne le pardonneront jamais à Crâmon et au gouvernement. Me reviennent les mots de mon grand-père ébéniste qui refusait de mourir ailleurs que dans sa maison, entouré de sa femme, de son chien et des meubles qu'il avait fabriqués… « Qui peut aujourd'hui se payer le luxe minimal d'une mort personnelle, mon petit ? Les gens n'ont plus rien de personnel, ni vie, ni mort, ni pensées. Il leur faut appartenir à tous et n'avoir rien. »

En 1970, dans le monde d'avant de mon père, la France comptait un millier de centenaires. Aujourd'hui, ils sont 21 000 et une petite équipe a dépassé les 110 ans, on les appelle les « supercentenaires ». Éliane, la doyenne des Français, a 116 ans, elle réside en EHPAD dans le Var, aveugle, en fauteuil roulant, mais gourmande de chocolat et la langue bien pendue. Elle a survécu au virus circulant dans son hospice… « Je ne suis pas sûre de l'avoir eu. On me l'a dit. J'ai été très fatiguée, c'est vrai. Mais je ne m'en suis pas rendu compte. » Ancienne religieuse, Éliane n'a de comptes à rendre qu'à son Dieu. Elle remet la grâce de sa longévité à ce docteur majeur, vierge de tout conflit d'intérêts. Elle a encore assez de dents pour en avoir une bien dure contre la génération de ses arrière-arrière-petits-enfants, la mienne… « Je ne crois plus en rien avec la jeunesse de maintenant, ça vous décourage. Dans le temps, on était bien. Quoique. J'ai vu la guerre de 14, j'ai vu la guerre de 40. » Et puis encore… « Il y en a qui sont vulgaires, qui disent le contraire de ce qu'ils pensent. »

Certains racontent que ce coronavirus n'existe pas, que c'est une invention de l'oligarchie mondiale pour asservir les peuples et lancer le grand reset ourdi par la finance internationale (suivez leur regard). D'autres ou les mêmes prétendent qu'il a été fabriqué par les Chinois ou/et les Américains en vue d'un génocide planétaire et/ou pour enrichir l'industrie pharmaceutique. On les appelle des « complotistes » comme s'il s'agissait d'une population nouvelle, déviante. En réalité, ils existent depuis la nuit des temps, c'est la vieille pente humaine pour le mystère, le secret, ce qui se trame en coulisse ; on suppute, on croit, on sait, mais on ne peut rien prouver (qui se contenterait de preuves ?). Longtemps, on en a fait des histoires à raconter au coin de l'âtre, des romans, des théories, des religions, qui exerçaient l'imagination, la foi, la pensée, les enrichissaient, et qui parfois se révélaient vraies. Depuis vingt ans et la libération des flux d'images sur l'espace plan des écrans, les amateurs de mystère n'imaginent plus, ils regardent. Ils avancent qu'il y a toujours quelque chose *derrière* les images, que montreraient d'autres images, des sortes de contre-images. Contre-images de l'alunissage d'Apollo 11, des attentats du 11-Septembre (bizarre, ces deux 11), de la mort de Ben Laden, et dans l'album négationniste, de la Shoah, des chambres à gaz. Le néo-complotisme, c'est l'horizon plat du spectateur de cinéma, des séries Netflix, des effets spéciaux, l'agonie d'une imagination incapable de s'épancher, de se refléter dans la réalité, une imagination incapable d'imaginer qu'elle puisse s'égarer. Le contraire de la Politique, la vraie. Sur ces bases, rien à craindre des complotistes, ils ne bougeront pas, resteront rivés aux écrans vendus à leur intention.

Discussion sur l'air du temps avec mon cordonnier devant sa boutique click and collect. Il refait l'Histoire.

— J'aurais parlé de chambres à gaz en 1936, je serais passé pour complotiste ! En 63, j'aurais dit que Kennedy avait été assassiné par la mafia… Pareil. Complotisme !

— Vous y croyez aux chambres à gaz ?

— Entre nous, je demande à voir.

— Alors vous auriez échappé à l'accusation de complotisme en 36…

— C'est ce que je vous dis, je ne suis pas complotiste.

Derrière son établi, le rideau tremble. Un jeune homme s'avance. C'est le fils du cordonnier, cheveux ras, pull gris, l'air ecclésiastique. Il aide son père le samedi à la boutique pour payer ses études. Il a son mot à dire.

— Le complotisme est une création des anticomplotistes.

— Comment ça ?

— Prenez l'exemple d'Alain. On n'a même plus le droit de prononcer son nom… Si on avait vraiment voulu le neutraliser, on aurait continué à l'inviter chez Ardisson et Taddéi. Il ne demandait que ça, Alain, rester dans le cirque, draguer des petites nanas dans les débats, travailler sa dissidence et son érotique au sein du Système.

— Qu'est-ce qui vous fait dire ça ?

— Alain a commencé dans la mode. C'est un ancien dandy. Et le dandy n'existe que par le regard des autres. Pas de dandy sans son négatif, la Société, le Vulgaire. En virant Alain de la ferme des animaux médiatiques, on l'a enragé. Tout ça, c'est calculé. Comme dit Debord, la domination veut être jugée sur ses ennemis. Les terroristes et les complotistes.

— Vous pensez que Crâmon aussi.

— Non, dit le père cordonnier. Crâmon se croit plus malin que tout le monde. Fers et patins, ça fera 50 euros.

SMS paternel : « Rappelle-moi vite. C'est à propos de Christophe. » Je ne connais aucun Christophe, ce doit être une erreur de mon père qui maîtrise mal les touches de son portable. Il m'appelle dans la soirée.

— Tu as lu mon message ?

— Oui, mais pas compris. C'est qui, ce Christophe ?

— Le chanteur ! Christophe Bevilacqua. Je lui dirai les mots bleus… On l'a hospitalisé à Paris pour suspicion de covid. Il souffre d'emphysème depuis des années. Aucune nouvelle dans les médias. Tu peux te renseigner ?

Je peux *toujours* me renseigner.

Le lendemain matin, j'appelle Blois.

— Papa, les services de réa parisiens sont saturés. On l'a transféré hier à Brest, TGV Chardon médicalisé n° 5. Intubé, sous sédation profonde.

— À Brest ! C'est foutu…

— Il y a un très bon CRHU là-bas. La fille qui a révélé le scandale du Mediator y travaille.

— C'est pas pour Christophe, Brest ! Lui, il vient du Sud, du soleil. C'est un petit homme du soleil. Un Bevilacqua ! Le dernier des Bevilacqua… Monde de merde !

Dans l'escalier Murat menant au premier étage du Palais, Crâmon me raconte avec des étoiles dans les yeux ce qu'il a vu cette nuit dans un documentaire de la BBC. Dans un hôpital de Wuhan, berceau chinois du coronavirus, des robots apportent repas et médicaments aux malades. Une humanoïde se trémousse devant eux pour leur remonter le moral. « Elle ressemble à une sirène. Elle s'appelle Cloud Ginger. » Ces robots sont pilotés à distance par les médecins grâce à une plate-forme numérique. Plus besoin d'entrer dans les chambres, les robots assurent des consultations en visioconférence. Leurs émissions d'ultraviolets débarrassent les locaux des virus et bactéries. Les Chinois travaillent à des drones capables de détecter des infections respiratoires dans la foule, des algorithmes mesurant le rythme cardiaque, des détecteurs de tousseurs et d'éternueurs dans les aéroports. « La Chine, modèle à suivre. On passe pour des cons avec la chloroquine d'Épidémix. »

D'après un urologue ayant délaissé les prostates pour les affaires, on peut faire mieux que les Chinois, en passant par le Luxembourg. Via une holding basée dans le grand-duché, il a massivement investi dans des sociétés de nanotechnologies, biotechnologies, informatique et sciences cognitives. Les NBIC visent à l'autonomie des personnes âgées ou handicapées par la commande directe du cerveau à l'aide d'électrodes reliées à des systèmes informatisés. Des implants cérébraux dirigent déjà des fauteuils roulants, stimulent les muscles flapis, activent des prothèses par des exosquelettes. L'ex-urologue qui a prédit la mort du cancer annonce désormais la mort de la mort.

Joseph Bayard, preux chevalier des Arts et des Lettres et nouveau préfet de Paris en charge de bouter les Gilets jaunes, campe aux lisières de la porte d'Orléans pour une parade martiale sur le macadam luisant. Il menace ceux qui braveraient le confinement lors des vacances pascales… « 8 277 fonctionnaires et militaires sont mobilisés pour les contrôles. Et ceux qui y échapperaient sur Paris et l'Île-de-France rencontreront d'autres forces de police, d'autres forces de gendarmerie, en cours de trajet et sur leur lieu d'arrivée. Je le dis très simplement à ceux qui persisteraient dans leurs intentions stupides : nous sommes là au départ, nous sommes là pendant le trajet, nous serons là à leur arrivée. Par ailleurs, je rappelle que j'ai pris toute une série de mesures visant à empêcher des promenades sur des lieux emblématiques de Paris, les quais, les jardins, mais aussi les bois, les lacs. Nous poursuivons ce travail de confinement, de pression. »

J'appelle mon père.

— Christophe est décédé ce soir au CRHU de Brest à 20 h 36.

Rumeur sourde, aquatique, comme s'il se trouvait dans un sous-marin…

— Un médecin a appelé sa fille pour lui demander si elle souhaitait qu'il parte en musique et quel titre choisir… *Heroes* de Lou Reed ou *Perfect Day* de David Bowie… Tu m'entends bien, Papa ?

Bruits de vagues, de siphon…

Les sanglots de mon père m'entaillent. Je les revois, ma mère et lui dans la R 25 TX à toit ouvrant, le radiocassettes à fond… J'avais 6-7 ans. Lui se prenait pour Ben-Hur en conduisant d'une main. Elle fredonnait *Señorita*, à l'époque elle portait des foulards, des robes de taffetas.

— Fils…

— Oui, Papa.

— C'est *Heroes* de Bowie et *Perfect Day* de Lou Reed…

Il raccroche.

Je confonds Bowie et Reed. Et je ne connais pas de chanteur que je pourrais pleurer aujourd'hui.

On craignait des émeutes, des pillages dans les quartiers et cités sensibles, où l'on vit essentiellement dehors, sur les trottoirs, les parkings. Finalement, le confinement a été calme. Le déconfinement aussi. Quelques manifs, des échauffourées, mais rien qui ressemble aux révoltes, aux vengeances promises sur Twitter, hashtag *attendez qu'on sorte* ou *après le confinement on les vire*. Les gens se plaisent à respecter les directives sanitaires. L'obéissance devient une ascèse dont ils peuvent s'enorgueillir. Elle flatte leur ego, opère chez eux comme une rationalité de substitution. Crâmon le dit d'une autre façon… « Le confinement ressemble à un crash test. Si les gens l'ont accepté, ils en accepteront un autre, et puis un autre. Gestes barrières, distanciation sociale. Le covid réalise le Nouveau Monde. »

Annulation de ma visite filiale à Blois dimanche prochain. Emploi du temps démentiel. Maman, toujours compréhensive au téléphone.

— J'en profiterai pour voir des copines et aller au cinéma. Ça fait longtemps.

Je perçois la voix de mon père dans la pièce.

— Tu peux me passer Papa deux minutes ?

— Attends…

J'attends. Et j'entends. Du morse… « Tondeuse »… « Bordel »… « Garage »…

— Il n'a pas le temps de te parler. Il *range*.

— Il fait la gueule parce que je ne viens pas ?

— Pas du tout… (Plus bas.) Il est un peu à cran en ce moment… Attends…

Je réattends.

— Il dit qu'il n'est jamais déprimé. Mais il préfère t'écrire, il s'est mis aux e-mails pendant le confinement.

— Alors sur ma boîte perso. Jamais sur celle de l'Élysée.

Grandneux a fini par démissionner de Matignon. Il vise la mairie de Cherbourg. Soulagé, Crâmon fait « un essai de palette »… « Pour Matignon et le prochain gouvernement, il faut du nouveau. Mais un nouveau nouveau, contrasté. » Nouveau Premier ministre contrasté : Raymond Duralex, 55 ans. Énarque mais maire d'un trou paumé dans les Pyrénées ; Gascon mais pantouflard ; méchant mais bonasse ; bombardé

« Monsieur déconfinement » sans déconfiner vraiment. À l'Intérieur, Brelan est remplacé par Boris Smock. Accusé de viol par une ancienne callgirl, Smock nie farouchement et a réussi l'exploit de convaincre Chicchi du bien-fondé de la présomption d'innocence masculine. À la Culture débarque la senior Odette Maminove, ancienne ministre de la Santé vaccinée devant les télés contre une grippe fictive, exfiltrée d'émissions de farces et attrapes à grandes audiences.

Crâmon nuance la nouvelle palette... « Duralex contraste surtout avec moi. Il paraît un peu lunaire, un personnage de Sempé, il ne fera pas chier comme Grandneux. Smock, c'est un dur, un coriace, de l'école Carchère, noir, rugueux comme un tableau de Soulages. La Culture, simple figuration, un fusain, à grands trait. Il n'y a pas de culture française. Pour les autres, comme d'habitude : on fait avec ce qu'on a. Du pastel. »

La règle des contrastes s'applique aussi au port du masque antivirus. Aucun cluster recensé à l'air libre : on l'impose à l'extérieur. Inutile pour le vélo, le jogging, la trottinette : exigé pour les marcheurs. Obligatoire sous le casque des motards : facultatif pour les conducteurs de décapotables. Exigé sur les lieux de travail, sauf pour les animateurs de talk-shows qui s'esclaffent et postillonnent sur les plateaux télé (Maminove a appuyé la volonté des chaînes où elle compte de nombreux copains et anciens employeurs). On est moins nuancé à la mairie de Paris. L'adjointe à la Santé de l'Hôtel de Ville ne veut plus qu'on mange et/ou fume dans la rue. Lamina se sent visée, la traite de folle. En charge désormais de la Citoyenneté, Chicchi reste attentive au sort des mamans et aux fruits de leurs entrailles. « Imagine, Machiavel, à peine sorti du ventre, le bébé voit sa mère avec un masque sur le visage. Le trauma ! De quoi regretter d'être né(e). Et les mères qui en bavent, on leur vole leur accouchement. Le masque les empêche de reprendre leur souffle et de pousser leur chéri(e) hors de leur vagin distendu, supplicié. Il faut une loi. » À Troyes, le maire de droite porte un masque Lacoste. Encore un crocodile.

Crâmon assis au bureau Passaniti, sans lever les yeux d'une lettre qu'il écrit au stylo-plume sur papier vergé… « Je pense que ça va bien se passer. Les gens n'ont pas attendu ce virus pour porter un masque, dissimuler leurs expressions, se niqaber, en quelque sorte. Les visages sont de plus en plus murés, indéchiffrables, déroutants. Les gens, on les cerne de moins en moins. L'érosion des contours, comme dirait Gide… N'est-ce pas Quentin ? » À qui le dis-tu, Cyril, toi qui es arrivé masqué et viralisé au pouvoir ? Je n'y suis pas pour rien. Tu devrais t'en souvenir au lieu d'envisager de faire appel à des cabinets de conseil américains au prétexte d'alléger mes cadences infernales.

Visages bâchés par le masque, Paris bâché par les chantiers de sa maire, et la peur partout, l'angoisse tout le temps. Suite à la détonation d'un avion de chasse crevant le mur du son au-dessus de l'Essonne, l'armée de l'air s'est fendue d'une conférence de presse pour rassurer la population qui croyait à un attentat, d'autant plus terrible qu'on n'en voyait ni traces ni victimes ; un attentat caché, *comploté*. Fixation mentale des Français : l'attente, l'attente de la catastrophe, comme un sale désir. En attendant la « deuxième vague » du virus, ils s'attendent à une résurgence d'actes terroristes, une nouvelle entrée des loups islamistes dans la ville, un autre massacre à l'happy hour. Et la barbarie survient, rue Nicolas-Appert, où siégeaient les anciens locaux de *Charlie Hebdo*. Des employés d'une maison de production attaqués au hachoir, salement blessés. Un syndicaliste policier s'étonne devant les politiques défilant sur les lieux du crime… « C'est pareil qu'en 2015 lors de l'attentat à *Charlie Hebdo* ! » Pareil aussi qu'au printemps dernier, les écoles du quartier sont confinées.

E-mail paternel, objet : *Attaque de la rue Nicolas-Appert.* « Quand on a vraiment la foi, on n'est offensé par rien. La foi est plus forte que tout ce qu'on peut lui opposer, les arguments, les caricatures, les insultes. L'offense se dissout dans la foi. Quand on se dit offensé, on ment deux fois, on n'a pas la foi et on n'est pas offensé. On cherche juste un prétexte à pleurnicher, récriminer, accuser, lapider, violer, abattre, décapiter. Les croyants de toutes religions devraient se féliciter des blasphémateurs. Pour blasphémer, il faut croire à ce qu'on blasphème. Le blasphème est une modalité de la foi. »

Les contaminations au virus repartent à la hausse. Fermeture des lieux culturels. Chapiteaux de cirque en berne, sauf ceux des « barnums » de tests. Pour la pantomime, s'adresser à Verlan qui trottine d'Assemblée en télés, affublé d'un masque rouge sang… « Ça va très vite, très vite. L'épidémie va très, très vite. Et il y a des malades très, très, très jeunes ! » Très Verlan, tout ça. Son masque vermillon me rappelle une chanson de mon grand-père, *La Ballade du masque rouge* de Montepin… « Sans repos, cavalier sinistre, il marche précédant la mort. Du malheur, il est le ministre. Il est l'ami du mauvais sort. »

À la télé, la querelle des médicastres sur les conduites prophylactiques à tenir s'envenime… « Il faut laisser les médecins traiter les patients ! — Diafoirus ! Le vaccin a fait ses preuves, toutes les études le prouvent ! — On peut vous demander vos liens d'intérêt ? Corrompu ! — Charlatan ! Assassin ! Vous répondrez de vos propos… » Plaintes. Dénonciations à l'Ordre. Bashing sur Twitter. Menaces de mort… De son temple de l'IHU de Marseille, le sage Épidémix, le plus diffamé, le plus scientifique, délivre ses oracles… « C'est de la physique, plus vous bougez, plus le vent souffle fort. La science est un sport de combat, comme la musique, la peinture, la littérature… La créativité va toujours contre l'académisme, les dogmes, les croyances. Les choses les plus intéressantes se passent au début. Après Rimbaud, il n'y a plus rien ou presque. On peut gloser à l'infini, la poésie connaît son acmé avec Rimbaud. Quand les innovations deviennent accessibles à d'autres que les rebelles, elle se médiocrisent. Prenez le rock. J'ai vécu un moment d'explosion musicale inouïe, mais je n'imaginais pas écouter de la musique qui a cinquante ans. Les gens écoutent les Beatles ! Incroyable. Ça veut dire que c'est fini. Le rock est né avec la guitare électrique. À nouvel instrument, nouveau génie. Personne n'a jamais mieux joué que Jimi Hendrix. Je traite les théories scientifiques comme des maîtresses. Je les désire mais je ne les aime pas. Et je les abandonne quand elles ne me donnent plus de plaisir. Bertolt Brecht ne disait pas autre chose. »

Quand Crâmon et Chicchi débattent théâtre et poésie dans le Salon Pompadour, j'écoute et me tais.

— Qu'est-ce que Brecht vient faire là-dedans ? demande Chicchi.

— Cela se tient, dit Crâmon. Brecht est le grand théoricien de la distanciation théâtrale, et la société n'est qu'une vaste scène où il faut savoir jouer son rôle sans trop y croire. En revanche Épidémix se goure sur la poésie. Après Rimbaud, on a quand même le grand Char et ses *Feuillets d'Hypnos*... « Il existe une sorte d'homme toujours en avance sur ses excréments. » Ça, c'est de l'image !

— La poésie autorise toutes les contorsions, dit Greta en ondulant ravie sur un fauteuil d'Andrée Putman.

— La politique aussi. Pour ne parler que de moi, je croise chaque jour de ces hommes en avance sur leurs excréments. Des faquins dont l'anus se confond avec la bouche, comme chez les éponges de mer.

— L'anus ! Des noms, Cyril ! Des noms !

— Je ne dénoncerai personne. C'est ton boulot, Greta.

— Épidémix avoue traiter les théories scientifiques comme des maîtresses. En clair, il les baise et il les jette. Je signale ces propos au Conseil de l'Ordre.

Au sein de la troupe des « médecins de plateau » se distingue un modélisateur d'épidémies, blond comme un surfeur sur les vagues du covid et les crêtes d'algorithmes. La guest star Kevin Tintin chiffre tout. Un déconfinement sauvage : 200 000 morts. Un déconfinement avec masques, gestes barrières et tests : 85 000 morts. « Mes calculs se basent sur des modèles mathématiques complexes. » Au cas où des imbéciles voudraient les contester. Le facteur humain peut cependant les biaiser, et le Cassandre algorithmique s'égarer. « Y a quelque chose que je n'avais pas anticipé, c'est l'arrivée des mauvais jours. Qu'il ferait plus froid en octobre qu'en juillet. »

Rentrez, sortez. Masquez-vous, démasquez-vous. Ouvrez, fermez. Au rythme des cas positifs et des taux d'incidence. Au sud de la Loire, les bars doivent fermer à 1 heure, au nord, à minuit trente, ou l'inverse, je ne sais plus. Je découvre les nouvelles préconisations pour l'accès aux restaurants, le doc baptisé par Crâmon « Protocole Ionesco ». Espace libre de 1 mètre entre les chaises de tables différentes, éventuellement complété par des écrans de protection. Masque pour le personnel en salle, à la réception et en cuisine. Masque pour les clients jusqu'au service du premier plat, à remettre lors de leurs déplacements et entre les services. Six personnes maximum par table. Un cahier de rappel conditionne l'accès à l'établissement. Les clients laissent leurs coordonnées, le restaurateur fournira ce cahier à l'Agence de santé ou à l'assurance-maladie en cas de recherche de cas contacts. Mise à disposition des distributeurs de gel hydroalcoolique, au minimum à l'entrée, au mieux sur chaque table. Interdiction de boire debout à l'intérieur et à l'extérieur du restaurant. Gants interdits en salle. Limitation des objets pouvant être touchés (sel et poivre proposables en sachets unitaires). Paiement à la table. La prise de température des clients à l'entrée des établissements n'a pas été retenue.

Crâmon dans le bureau d'angle devant la cheminée de marbre, à la veille d'un nouveau couvre-feu sanitaire.

— Duralex va être content. Tu l'as entendu ? Il veut des *mesures saignantes*.

— Les Gilets jaunes amputés ou éborgnés apprécieront.

— C'est l'âge. Le verbe comme substitut à la testostérone. Dans la vie, Duralex ne ferait pas de mal à une mouche.

Le téléphone sonne. Crâmon décroche, grimace, raccroche.

— Cellule de crise immédiatement.

— Qu'est-ce qui se passe ?

— On vient de décapiter un professeur d'histoire-géographie à Conflans.

Arme Blanche. Un islamiste. « Neutralisé. » À minuit, la tête du malheureux professeur roulait encore sur des comptes Twitter. Réglage du réveil à 5 heures. Plus je suis crevé, plus je rêve. Très vite apparaît le regard vide du Président pendant l'allocution à Conflans, ce ton d'outre-tombe dramatisé, surjoué… « Ils ne passeront pas… Ils ne passeront pas… Ils ne passeront pas… » Et derrière le rideau de la sécurité, une voix, vraie, vivante, éperdue, que j'identifie dans la certitude diaphane du rêve comme celle d'une ancienne prof de maths de Blois. Son discours s'écrit sur la zone de mon cerveau qui ressemble à une page blanche depuis qu'un stylo-plume m'a percé le crâne. Elle lit, la voix… « Je ne suis plus tranquille nulle part. Ces rues qui étaient mes refuges, ces plats trottoirs où j'aimais tant marcher, me souvenir d'un amour, d'un printemps, seront un jour ma table de dissection. Je vous parle en tant que future victime du terrorisme, future viande fumée, débitée. Un jour, des hommes en cagoule et pantalon noir feront sauter mon crâne, crèveront mes yeux, découperont mes cuisses, trancheront ma gorge. Tout ce que mon cerveau aura formé de belles pensées, tout ce que mes yeux auront retenu de beauté, tout ce que mes jambes m'ont ouvert et fermé, tout ce que mes lèvres auront formé de mots et de baisers finira, bouillie de sang, dans une rue où j'aimais marcher. J'aurai ce destin, cette façon de mourir, appelée à se répandre. » Je me réveille en larmes.

Le cauchemar me suit à l'Élysée, déteint sur la matinée. À midi, Crâmon requiert mon avis sur le futur hommage au professeur de Conflans. Je suis tendu, il va l'entendre.

— Un « héros tranquille »... Il faut arrêter avec les héros, tranquilles ou pas. Soignants contaminés, pompiers brûlés, policiers ou gendarmes assassinés, tous des « héros »... Et maintenant ce pauvre prof, qui ne s'est jamais pris pour un héros, qui n'était pas si tranquille après les menaces reçues... Mieux vaut s'en tenir à ce qu'étaient simplement ces victimes. Des hommes, des femmes altruistes, modestes, pénétrés du sens du devoir. Des antihéros, justement. En les drapant d'héroïsme, on ment sur leur vie et on esthétise leur mort. Leur mort si dégueulasse.

Crâmon se raidit.

— Pas d'accord. À certains moments, il faut s'ancrer dans la tradition, puiser dans l'héritage national. La chanson de geste, les saints laïques. Le modèle médiéval pour l'admiration des populations. Pas d'autre objection ?

— Aucune.

— Bon. Je vais réunir le Conseil de défense. On reconfine à la fin du mois. J'ai préparé un discours. Écoute ça : « On s'était progressivement habitués à être une société d'individus libres. Nous sommes une nation de citoyens solidaires. »

— Aussi…

— Aussi quoi ?

— « Nous sommes *aussi* une nation de citoyens solidaires. » N'oppose pas la liberté à la solidarité, c'est contraire à la devise républicaine.

— En temps de guerre, la fraternité prime sur la liberté. Mieux, elle permet de reconquérir la liberté.

— Alors supprime « société d'individus libres ».

— Non. J'ai bien aimé la déclaration de Smock : « Nous sommes en guerre, il faut accepter qu'il puisse y avoir des attentats. » Tout est affaire de consentement.

Le type au hachoir de la rue Nicolas-Appert ignorait que *Charlie Hebdo* avait changé d'adresse après l'attentat. Le décapiteur de Conflans ne connaissait pas le visage du professeur, il a dû soudoyer des adolescents pour l'identifier. L'amateurisme, l'impréparation des islamistes les rendent imprévisibles, difficilement détectables par les radars administratifs et pavloviens de l'antiterrorisme. Leur apparente normalité, aussi. Le soir, ils boivent une bière avec des amis ou vont chercher des médocs pour leur femme ; le lendemain, ils assassinent, pulvérisent des dizaines de gens.

Dans ce Paris de nouveau confiné, les murs occupent tout l'espace et prennent la parole. Je remarque ce que je n'avais jamais vu. Les traces de balles sur les murs de l'École militaire ou à l'École des mines, les plaques sur les immeubles rappelant le nom et l'âge des combattants tombés pour la libération de Paris en août 1944, la plupart autour de la vingtaine. J'en ai aimé un qui a survécu, mon grand-père, des Forces françaises de l'intérieur. À 18 ans, il tirait sur l'occupant des fenêtres de l'Hôtel de Ville ou devant le jardin du Luxembourg. Il m'avait raconté les chars sur l'esplanade des Invalides, les exécutions de miliciens et de collabos, les femmes tondues, la panique des derniers Allemands se débinant par les toits, les escarmouches à l'aube, ces jeunes gens qui tombaient au coin d'une rue, sous les balcons d'Haussmann, sur les quais de Seine. Mon grand-père racontait ces scènes avec beaucoup de précisions, d'une voix égale, ralentie par des visions qui remontaient, l'écho des râles, des derniers mots des camarades qu'on traînait à l'abri en laissant une trace de sang sur la chaussée. « Et ça canardait encore et toujours. — Vous étiez des héros, Grand-Père ! — Non, mon petit. On vivait juste ce que l'on pensait. On vivait nos idées et certains en mouraient. » Au 30 de l'avenue de Saxe, Jean-Marie Plessier,

20 ans, scout au Bon Conseil, tombé pour la France, le 25 août 1944. Là où des quinquas planqués sous un masque chirurgical roulent en trottinette dans ce Paris qu'il a libéré.

Nouvelle année déconfinée. Brume, frimas, lumière froide dans la rue Abel-Guy, le berceau de Mitterrand à Jarnac. J'observe Coctel en train de discuter avec Crâmon. Les hommes de la sécurité en doudoune se déploient devant le mur du cimetière. Il manque un homme dans le casting. À l'heure où El Glaoui se promène je ne sais où, le Président se recueille sur la tombe de Mitterrand pour le vingt-cinquième anniversaire de sa mort. Public clairsemé. On ne s'attarde pas, il fait plus chaud dans la voiture. Crâmon rajuste son masque pour un photographe qui shoote derrière la vitre, puis m'agrippe le bras. « Il avait instauré l'impôt sur la fortune. Je l'ai supprimé. Il avait abrogé la loi Sécurité et Liberté. Je l'ai rétablie. Ma présence ici est d'autant plus sincère, émouvante. »

E-mail paternel, objet : *Anniversaire de la mort du Mitterrand.* « Sous Mitterrand, la gauche est devenue une fiction. Depuis, on ne croit plus sérieusement à la gauche, c'est-à-dire à la politique. Car la politique est née à gauche à la Constituante, la politique est un mot de gauche. La gauche a *la* politique, la droite a *une* politique. » Réponse filiale : « Mitterrand a tué la gauche. Crâmon va tuer En Route. À détruire après lecture. »

En avril, ne te démasque pas d'un fil. On reconfine. On retue aussi. Une agente administrative au commissariat de Rambouillet, poignardée à la gorge par un islamiste. Refrains de peur, d'infection, de mort. Et la ritournelle de Duralex sur l'« héroïne du quotidien ». Du Souchon.

Crâmon, bureau d'angle, une fesse sur la table Knoll.

— Finalement, je ne célébrerai pas les quarante ans de l'élection de Mitterrand en mai. Mon électorat de droite ne comprendrait pas. Et puis c'est l'histoire des socialistes. Il faut la leur laisser. Ils n'ont plus que ça.

— Rien du tout ?

— Le minimum. Un déjeuner avec ses collaborateurs des deux septennats.

— Pourquoi ses collaborateurs et pas ses ministres ?

Ce serait l'occasion de revoir le vieil Eleski, très affairé par sa société de conseil économique basée au Maroc.

— Les collaborateurs, les conseillers sont plus utiles que les ministres, dit Crâmon.

— Si tu le dis.

— J'irai quand même faire un saut dans le fief de Mitterrand, à Nevers. Pour fêter le troisième déconfinement, la réouverture des lieux culturels et lancer le pass Culture avec Maminove.

Nevers. Déconfiné, mais plus vide que lors de notre venue pendant la campagne présidentielle. Rues piétonnes sans piétons. Devantures fermées, peintures écaillées, portes vermoulues. Désert médical, manque de lits de réanimation pour soigner les covidés. La nouvel appli culturelle doit faire passer la pilule chez les 18 ans. « Un crédit de 300 euros pour réserver selon tes envies les propositions culturelles de proximité et offres numériques (livres, concerts, théâtres, musées, cours de musique, abonnements numériques...). » Au programme de la visite, un concert de rap à la maison de la Culture. Je m'assois entre Crâmon et Maminove au premier rang. Surgit un trio bondissant de jeunes Blancs à casquette et masqués qui entament une danse de Saint Guy. Maminove dodeline de la tête, les yeux de plus en plus clos, comme pour s'imprégner du flow ou piquer un petit roupillon malgré le boucan. À ma droite, Crâmon gigote, me serre le bras.

— Cacophonie, paroles absconses. Tout ce que le vieux Mitterrand honnissait.

Après le spectacle, séances de selfies avec le Président et questions de la télévision régionale sur « l'héritage Mitterrand ». Crâmon déroule sur la grande réouverture du pays opérée par le président socialiste, l'arrivée des radios libres, les Grands Travaux… On laisse Maminove vanter les plaisirs du pass Culture. Coctel et la sécurité nous ouvrent un passage vers l'extérieur. Crâmon retire son masque.

— Tu as entendu, les gamins rappeurs ? Tout jouasses. « On est validés par le Président ! »

— La scène neversoise n'est pas la plus radicale.

— Peut-être, mais c'est un signe. Terminé la chanson française énervée, libertaire, anarchiste. Au trou, les Brassens, les Brel, les Ferré, les Béranger, les Trust, les Balavoine… Renaud, maintenant, il embrasse les flics. Il respecte le pacte républicain depuis les attentats qui ont meurtri Paris. Pareil pour les rappeurs. Fini *Brigitte, femme de flic*. Bienvenue Kaotic 747 ! On encense les pompiers et la police.

— Tu maintiens la visite à Douai fin juin ?

— Et comment ! J'annoncerai la couleur : La France unie ! Le slogan de la campagne de Mitterrand en 88.

J'avais 2 ans.

Hier matin, les Crâmon ont reçu une piqûre contre le virus. On en parle, lui et moi, sur le Palier des huissiers, l'antichambre du bureau d'angle, sur le tapis bleu, blanc, rouge de Christian Bonnefoi.

— J'ai chopé le covid en décembre, dit Crâmon. Donc une seule dose de Canzer, et c'est bon. Rien senti. Baba non plus. Juste un petit point en dessous de l'épaule.

L'épaule de Béatrice. Je ne la voyais plus qu'en photo, dans les magazines.

— Tu vas devoir te faire vacciner toi aussi, dit Crâmon.

— Je vais y penser. Même si certains racontent qu'on manque de recul avec ces nouveaux produits et que ce ne sont pas des vaccins *stricto sensu*.

— Il faut dire « vaccin » *lato sensu*. « Vaccin », c'est rassurant, familial, ça rappelle les visites médicales à l'école, les gentilles infirmières qui donnaient un bonbon après l'injection. Personne n'avait peur des vaccins au XXᵉ siècle, tout le monde s'y pliait de bonne grâce. BCG, diphtérie, tétanos, poliomyélite… J'ai eu la totale à Amiens.

Déplacement dans la Drôme, le soleil brille. Le Président a tombé la veste. Il accourt vers un jeune type derrière la barrière, pour lui toucher le bras, converser les yeux dans les yeux, faire ami-ami. Le mec ne trouve rien de mieux que de lui coller une gifle. Premières nouvelles d'El Glaoui sur Telegram depuis des semaines.

— Manque d'anticipation, comme aux Bouffes du Nord, quand le patron avait dû détaler. Là, vingt pékins à cadrer derrière des barrières, et personne ne calcule le potentiel agresseur chevelu. Aucun instinct de sécurité. Ça va mal finir. En même temps, je m'en balek. Il ne fallait pas me virer. Comment le boss a pris la baffe ?

— Mal. Mortifié. En mode Conseil de défense.

Allocution télévisée de Crâmon sur fond panoramique de tour Eiffel. L'avant-veille du traditionnel discours du 14-Juillet, qui de fait est annulé. « Anticiper. Ce sera mon mantra pour les neuf mois qui nous séparent de l'élection présidentielle. Une grossesse nationale bien surveillée avant la renaissance d'avril », m'a-t-il expliqué en m'annonçant qu'il travaillerait son discours seul. Anticiper d'abord et surtout sur le coronavirus, qui menace la reprise, les réformes suspendues et la santé psychique du pays. Résultat, vaccination obligatoire pour les personnels soignants, les pompiers, les ambulanciers, les paramédicaux, etc. Et plus de restaurants, plus de bars, plus de terrasses, plus de cinémas, plus de voyages en bus, en train et en avion sur longue distance, plus rien ou presque pour les non-vaccinés ou ceux qui ne produiraient pas une preuve de rétablissement ou un test covid négatif récent. Test qui deviendra payant à l'automne afin d'inciter à la vaccination.

On est passé des subtilités comportementales du nudge au chantage assumé.

SMS paternel : « Du coup de coude au doigt dans le cul. »

Crâmon en bras de chemise, dans le bureau d'angle, devant la Marianne bleu blanc rouge d'Obey.

— On va nasser les récalcitrants, leur pourrir la vie. Ils iront se faire tester une fois, deux fois, trois fois, avec un coton-tige. Après, ils trouveront ça tellement chiant qu'ils tendront le bras. Seringue.

— Tu avais déclaré que le passe sanitaire ne serait jamais un droit d'accès qui différencie les Français.

— Ah bon ? Quand ça ?

— Interview du *Matin*, il y a deux mois et demi.

— C'est toi qui l'as rewritée, dit Crâmon. Je te le dis les yeux dans les yeux, tu t'es trompé.

— Pourquoi les policiers échappent-ils à l'obligation vaccinale ?

— On va en avoir besoin. Il faut les ménager.

— Et les parlementaires ?

— Très peu heureusement sont en contact avec le public. Et puis, c'est la loi, les députés doivent pouvoir entrer à l'Assemblée sans restriction. Il faut toujours respecter la loi républicaine.

— Pas sûr que celle sur le passe passe.

— Passe passe, comme c'est drôle, Quentin. L'Assemblée et le Sénat la voteront. Pour le Conseil d'État et le Conseil constitutionnel, aucun souci non plus. Ils amenderont léger léger, pour faire oublier qui les pousse et les nomme. Ce sont des amis ou les amis de nos amis.

Le lendemain à l'aube, les plates-formes de rendez-vous pour la vaccination sont saturées. SMS paternel : « Logique téléologique du principe de précaution : Ne vis pas, sinon tu vas mourir. Une logique de tueurs. »

Défilé du 14-Juillet sur les Champs-Élysées. Il pleut sur la grande avenue. Crâmon passe les troupes en revue, hué ailleurs par des opposants au passe sanitaire et à la vaccination obligatoire. Debout à la tribune, Béatrice semble si seule. Son masque, assorti à sa robe plissée bleu clair surligne son regard fier, cet azur métallisé dont elle peint toutes choses. Elle n'en peut plus, elle enlève ce bâillon qu'elle ne mérite pas. Elle a toujours été libre. Elle est belle.

Silence d'été au Palais. Les jardins s'endorment. Reflet du couchant sur les parquets cirés. Dernier jour avant les vacances, de retrouver les parents à Blois, puis de partir en Corse avec deux potes, des proches de la bande d'Angers, des crâmonistes historiques, révoltés par la tournure des événements. Je classe des papiers, rassemble mes clefs USB, descends chercher un dossier à l'Annexe. Couloirs vides et frais. Je passe devant le bureau où un ancien chargé de mission s'est tiré une balle dans la tête au temps de la Mitterrandie. Il faut qu'une porte soit ouverte ou fermée. Il me semble entendre des voix...

— ... Je n'ai aucun avantage et tous les inconvénients !

— Je sais, Baba. Moi aussi, je le voyais plus fun, le quinquennat, figure-toi.

— Pourquoi tiens-tu absolument à te représenter ? Tu le dis toi-même : On se prépare une crise terrible au plan social, ce sera une véritable boucherie...

— Je ne le dis qu'à toi.

— C'est trop gentil.

— Abandonner à 44 ans, ce serait vraiment la honte. Une blessure narcissique. Tu me connais... Surtout qu'il y a un bon coup à jouer. Ce Mamour peut renverser l'échiquier à droite.

— J'ai peur pour toi, Cyril. Ça commence par une gifle et puis viennent les balles.

— C'est mon destin, Baba. Je pratique *l'amor fati* depuis toujours.

— Lâche prise, comme Boulende. Tu as mille destins. Tu excelles en tout. La banque, le conseil, tes fameuses start-up…. Et surtout, tu écriras des livres ! Je t'ai toujours vu écrivain. Tu auras des prix. Le Goncourt, forcément… Un ancien président ! Et un siège à l'Académie comme feu Giscard d'Estaing. Avec épée et bicorne !

— Tu te moques de moi ?

— À peine. Je suis surtout triste. Cela ne me ressemble guère.

— Plus j'aurai l'expérience du pouvoir et des emmerdes, mieux j'écrirai. Mes premiers manuscrits péchaient par facilité, puérilité. Le temps est le corps de l'écriture.

— Et mon temps à moi, tu y penses, Cyril ? Je ne passerai pas cinq ans de plus dans cette prison dorée. Surtout avec les petits cons qui t'entourent !

Je m'éloigne à petits pas sur le parquet orangé. Songe d'une nuit d'été.

Les Crâmon ont rejoint leur résidence d'été au fort de Brégançon. Bains de mer, pas de foule. Elle gronde depuis les dernières contraintes sanitaires. Dans les territoires, on promet la guillotine au Président, des épouvantails à son effigie oscillent au bout des piques et des potences. Deux cent mille manifestants samedi dernier, d'après les comptes de Smock à l'Intérieur, à multiplier par 5 ou 6 donc. Ici à Blois, des centaines d'opposants au passe sanitaire se sont réunis place Louis XII et sur les degrés du château. J'appelle le Président en fin de journée, après sa séance de jet-ski.

— Ça chauffe, même dans le Loir-et-Cher.

— On emmerde les antipasses, les antivax, les antitout. On reprend la méthode Brelan pour les Gilets jaunes : culpabilisation, criminalisation. Vous manifestez dans la rue, vous êtes complices des casseurs. Vous refusez la vaccination, vous êtes complices d'un virus mortel, des assassins en puissance. J'ai fait passer le message à Verlan et Smock, mais tu peux en rajouter une couche avant de partir en Corse.

— On murmure que l'Intérieur verrait d'un bon œil des étoiles jaunes et des pancartes antisémites dans les cortèges.

— Je n'y crois pas une seconde. Je te laisse. J'ai rendez-vous sur TikTok pour inciter les ados à se faire vacciner. Les burgers gratis ne suffiront pas.

— Bonnes vacances, Cyril, ainsi qu'à Béatrice.

C'est l'automne. La candidature à l'Élysée vire à l'open bar. Le plus dangereux, Mamour. Il écrit, parle et bouge beaucoup. Best-seller de campagne, blockbuster électoral : Le Grand Remplacement. Une leçon de langage, pas de novlangue, pas de globish, du simple, du brutal. Deux mots parmi les rares du dictionnaire à être assimilés par les enfants dès le primaire. « Grand » comme les grands de la cour de récréation ; « Remplacement » comme celui du maître ou de la maîtresse, en arrêt longue maladie pour dépression nerveuse, harcèlement moral et violences physiques de la part des « grands ». Deux mots enluminés d'exemples historiques et de citations d'auteurs pour ces grands enfants de Français qui aiment qu'on leur raconte des histoires.

E-mail paternel, objet : *Petite remontée du terrain blésois à mon fils parisien*. « Ce matin, en salle des profs, je parle de Mamour à madame Guérin, la conseillère d'orientation. Jolie, cinquante balais, a oublié d'être conne. Elle me répond : "Mamour, c'est Decaux, Castelot, Bellemare et Hondelatte réunis. Je l'écouterais pendant des heures." »

Crâmon, dans le Salon Pompadour, au rez-de-chaussée, devant la tapisserie de Miró.

— J'ai fait une cure de vidéos de Mamour dimanche. Je me demandais d'où il tirait sa gniaque, sa faconde, son assise. J'ai trouvé, il le dit à un moment : il est porté, transcendé par le souvenir de son enfance. C'est le morpion qu'il a été qui parle en lui. Il veut retrouver la France de ses 10 ans, le Montreuil des roudoudous, les rues feuillues de Drancy, les petits épiciers arabes qui faisaient crédit...

— La mixité de carte postale. C'est puéril.

— Oui, mais c'est un point d'ancrage. Une fidélité. Et la fidélité, surtout à l'enfance, c'est redoutable, ça donne de la force. Cette énergie, cette source jaillie d'un paradis perdu, je ne les ai pas, elles me manquent. Né à Amiens, à la fin des années 70, le premier jour de l'hiver... Tu parles d'un pitch !

— Tu as quand même traversé de sacrées épreuves plus tard avec Béatrice. Ce n'est pas un Mamour qui peut t'effrayer.

— Laisse Baba où elle est, tu veux ?

— Excuse-moi.

— Mamour se prend pour moi avec cinq ans de retard et vingt balais de plus. J'étais l'homme nouveau de l'avenir. Lui, c'est l'homme nouveau du passé. La Mamourmania, c'est un remake samplé de la Crâmonmania sur fond de musette et d'accordéon. J'ai revu le débat de la présidentielle de 81. Mitterrand coince quand Giscard lui demande s'il y aura des communistes au gouvernement. Je vais attaquer Mamour sur ce flanc. Avec qui va-t-il s'allier ce puceau de la politique ?

— Avec Lablonde, ce serait un sacré coup de Jarnac.

— Le succès du discours mamourien, c'est l'imagerie, les figures, la mythologie, dit Crâmon. Les années 60, le sépia, de Gaulle, la pub Banania... Nous avons trop parlé d'avenir, de progressisme, de rupture historique. La martingale, aujourd'hui, dans ce présent haïssable, c'est le passé. La force sentimentale et révolutionnaire du passé. Mamour rend le passé bankable. Trouve-moi des images, pas des éléments de langage.

Crâmon, Mamour, ils me faisaient chier tous les deux. Je n'avais pas d'images. En Route n'avait jamais eu d'image, que des idées.

Les médias mainstream assuraient encore la propagande crâmoniste mais ils touchaient beaucoup moins de monde qu'en 2017. Facebook et Twitter censuraient les opposants les plus virulents sans les empêcher de migrer sur Odyssee ou des réseaux sociaux russes. Les sondages officiels entretenaient le suspense, la dramaturgie... Ce serait serré jusqu'au bout, mais Crâmon gardait toutes ses chances, il pourrait bien profiter de la ventilation des voix Lablonde-Mamour. Tous les matins, les chiffres et les rapports du Renseignement territorial annonçaient le contraire : Crâmon pouvait disparaître dès le premier tour.

Quatre mousquetaires de la bande d'Angers élus à l'Assemblée nationale avaient démissionné du parti, écœurés par les déviances et les volte-face de son fondateur, l'incurie ou l'obscénité de ceux qui l'entouraient. Certains élus d'En Route continuaient le combat à l'intérieur du mouvement, comme ce député de Paris et cette députée de Savoie, la plus jeune de France, qui avaient voté contre le passe sanitaire au nom du principe d'égalité des citoyens devant la loi. Ils venaient au Palais Bourbon quand leurs collègues ne s'y rendaient même plus, délaissant tout engagement parlementaire, comme je l'avais craint dès le début du quinquennat. L'étiquette

En Route ne valait plus rien. Municipales, régionales, partielles, autant de berezinas. On payait l'addition des paresses, des bouffonneries, des mensonges, des violences. Trop de mépris, de bullshit, de hargne, de vice. Prochaine étape planifiée par Crâmon, la liquidation du parti, sans passer par la case restructuration.

Crâmon, en bras de chemise, dans le bureau d'angle.

— En Route, c'est mort. Il faut trouver autre chose, créer un large espace de dérivation politique, pour aspirer à droite. On repart de zéro, comme en 2016. Tu en étais. Tu en seras ?

— Il nous a manqué, il t'a manqué cinq ans.

— Poursuis, dit Crâmon.

— Tout est allé trop vite. Tu as gagné trop tôt. En Route manquait d'expérience, d'un personnel aguerri pour gouverner. Tu as dû puiser dans le vieux monde. Des crétins, des opportunistes, des naïfs. Au choix.

— J'y pense souvent. Si Grillon avait été élu, on aurait eu un quinquennat pour se roder, on aurait beaucoup appris dans l'opposition. Il se serait mangé les Gilets jaunes et le virus, il aurait merdé comme nous, sinon plus, et on serait passés haut la main et plus forts au printemps prochain. L'Histoire est souvent tragique. On ne la refait pas. On la fait encore et toujours. On bosse ?

— On bosse. Ne coupe pas le robinet des aides en hiver. L'argent a acheté la paix sociale pendant la crise sanitaire, il achètera le vote présidentiel.

— Il n'y a plus un rond. On fera des petits cadeaux. Pilule gratuite pour les moins de 25 ans. Trains gratuits pour les policiers. Les jeunes fliquettes seront doublement gratifiées. Il faut choyer la police.

— Et pour le passe sanitaire ?

— Je le lèverai après ma réélection. J'incarnerai la liberté retrouvée. Je te l'ai dit, j'ai besoin d'un nouvel état de grâce.

Notes personnelles/Verbatim de Cyril Crâmon.

État confusionnel dans le Salon redoré à la feuille (930 000 € de travaux)… « Longtemps, j'ai cru que le virus nous dédouanerait. Le chômage ? Le covid. La dette ? Le covid. Les restrictions de liberté ? Le covid, le covid, vous dis-je… Le covid, c'était le poumon du *Malade imaginaire*. Je suis un homme de théâtre. Baba m'a tout appris. »

Accès de paranoïa dans le Salon Pompadour… « Ils sont tous contre moi : les généraux en retraite, les syndicats de policiers, les islamistes, les écologistes, les avocats, les profs, les variants du virus, les antivax, la troupe toujours reconstituée des Gilets jaunes, les lanceurs d'alerte… Je vais leur sortir l'article 16 de la Constitution. Extension exceptionnelle des pouvoirs du

Président. Dictature légale. Plus besoin d'être candidat, les élections sont annulées. Ma méthode depuis le début : créer un problème, imposer la solution. Il nous faut un *deus ex machina*. »

Pointes d'acrimonie ironique sous le lustre du Salon Murat, entre les toiles du Tibre et du Rhin… « Je n'ai jamais eu d'illusion sur le Conseil scientifique. Le directeur a dirigé l'agence de recherche sur le sida. On parlait d'un vaccin… Seul résultat en douze ans : le changement de logo. Ce foutu Conseil n'a jamais piloté la recherche sur le covid, toutes les données sont venues de l'extérieur. C'est vrai aussi qu'ils ne sont pas payés. Et les médecins de plateau bardés de liens d'intérêt… Le vieil Épidémix a raison de parler de corruption. Et les labos, leurs paradis fiscaux, leurs combines… Canzer : plus de 2 milliards de dollars d'amende en 2009 pour pratiques commerciales frauduleuses, record à l'époque en matière de santé aux États-Unis. Tu sais pourquoi les socialistes prônent la vaccination obligatoire alors qu'ils ne prônent jamais rien ? Ils n'ont pas un rond pour payer leur campagne d'ectoplasmes et on dit que Canzer a financé leur parti dans les années 90… Et Daegyl qui fourgue à l'Europe sa molécule croquignolesque… Les labos sont mieux protégés que tous les Élysées du monde. Ils emploient des légions d'El Glaoui pour veiller à la sécurité de leurs patrons, de leurs familles, de leurs coffres-forts. »

Épanchement mélancolique du côté des broderies de buis dans le jardin de l'Élysée... « Tu le sais, Quentin, Baba, je l'aime plus que tout. Ce n'est pas moi qui divorcerai pour une chanteuse ou que tu verras courir le guilledou en scooter. Mais il y a des choses que je ne peux lui dire, des doutes dont je ne peux m'ouvrir. Elle m'a toujours placé sur un piédestal. À Amiens, elle me trouvait incroyable sur scène, même quand je jouais un épouvantail. À 15 ans, déjà l'épouvantail, quand j'y pense... Enfin, elle m'aime, et je l'aime comme elle m'aime. Elle me connaît si bien ! Mais je me connais aussi. L'homme nouveau du Nouveau Monde, ce n'est pas moi, je n'ai pas les épaules, pas la culture, pas le pays. Les hommes du Nouveau Monde, ce sont Thiel et ses projets d'îles libertariennes, Musk qui veut coloniser Mars, Zuckerberg qui met son fric dans les robots, Gates qui se pique de contrer le réchauffement climatique, Brin qui prépare ses steaks de synthèse *in vitro*. Et je ne te parle pas de tous les petits génies chinois qui s'apprêtent à nous bouffer tout crus... À côté d'eux, qui suis-je ? »

Crise d'angoisse sur le tapis d'André-Pierre Arnal dans le Salon des Cartes au rez-de-chaussée… « J'ai poussé personnellement la génération Z à la vaccination contre le covid. Des produits sous autorisation de mise sur le marché conditionnelle. Imagine qu'ils se révèlent nocifs à plus ou moins long terme, qu'on m'accuse de mise en danger de la vie d'autrui, de complicité d'empoisonnement ! La Cour de justice de la République croule déjà sous les plaintes contre Grandneux, Verlan et Duralex pour leur gestion calamiteuse de la pandémie. »

Depuis mon apprentissage rue de la Chaise, et plus encore chez BHVA, j'avais fixé des limites déontologiques à mon job de conseiller. Angler, réécrire, colorer, romancer, métaphoriser, déconstruire, éluder, omettre, mais ne jamais mentir, nier la réalité. La réalité est fatale. On ne peut par essence et par principe rien lui substituer. On peut l'interpréter, la peindre, la musiquer, la poétiser, l'ironiser ; on ne peut pas faire comme si elle n'existait pas, comme s'il y avait autre chose que la réalité, alors qu'elle est partout, tout le temps, hors de nous et en nous, avant et après nous. Il n'y a que de la réalité, nous ne sommes que de la réalité. La réalité est un absolu dont nous sommes les modes. La nier, mentir, revient d'une manière ou d'une autre à se fantômiser, à s'anéantir. Le mensonge, c'est pour les fous ou les spectres. Et le Président n'était ni l'un ni l'autre.

Crâmon à une fenêtre du bureau d'angle donnant sur le jardin, les arbres, les fleurs… « J'ai menti, oui, les yeux dans les yeux, j'ai menti. J'ai menti comme tout le monde à tout le monde. Et alors, quelle importance ? Les gens ne me croient plus, mais ils ne croient plus personne, plus à rien, nulle part. Ils ne croient même plus à ce qu'ils se racontent chez eux, dans leur lit ou ailleurs. Va parler d'avenir à des gens obsédés par l'Apocalypse, la mort de la planète, du travail, des Blancs, de la littérature, la mort de toutes et tous. Tu as vu le tableau chez les hommes ? Les seniors : des andropausés en Stan Smith. Les jeunes : des agneaux ou des dingos. La jeunesse, elle n'existe plus. La jeunesse, elle était à gauche… J'ai menti, oui, mais moins que les ministres. J'ai menti à des menteurs qui ne cessent de mentir sur moi… Le Braqueur, le Bankster, l'Imposteur, le Tyran, le Jupiter, l'Oligarque, le Pédé, le Fils à maman, l'Impuissant sans enfants, le Fossoyeur du pays, la Marionnette de l'État profond, le Traître et le Néantisé, le Psychopathe… N'en jetez plus ! J'ai tout joué. En cinq ans, je suis passé du Surdoué au Naze intégral. On me taxe de démesure, de sociopathie, d'hybris ! Pauvres cons, c'est la psychologie et la fonction présidentielles qui sont démesurées, hors norme ! Quel président digne de ce nom ne tenterait pas de sauver son pays par des réformes ou la vaccination ? Quel président négligerait de réparer les destins ? J'en connais, j'en ai connu. Je paie plus de vingt ans de présidence mesurée. Depuis Mitterrand… La vérité, Quentin, elle est de circonstances, comme toujours. La vérité, c'est que le programme sur lequel j'ai été élu est saboté depuis deux ans par un virus auquel personne ne comprend rien. Deux ans, presque la moitié du quinquennat. C'est sans précédent. Aucun chef d'État n'a été empêché à ce point, aucun n'a été autant critiqué, moqué, sarcasmé, exécré aussi injustement, aussi bestialement. On me tutoie, on me flanque des baffes, on me lance des œufs, on me grime en Hitler. Baba a peur, on me conseille de porter un gilet pare-balles… Mais toute passion est réversible. Les offenseurs compatiront, les injustes réhabiliteront, les haineux adoreront. Je les mènerai tous à résipiscence. Je ne lâcherai rien. »

Le lendemain de ce monologue quasi shakespearien, le Président papillonne dans son bureau d'angle. Il feuillette des livres reçus en service de presse, tout en parlant de choses et d'autres. Des choses derrière les choses.

— Coctel connaît ton adresse ?

— Il est venu chez moi pendant la campagne.

— Peux-tu disposer d'un appartement discret et vide pour une soirée ?

— Grand ?

— Un studio ferait l'affaire, dit Crâmon.

— J'ai les clefs de la chambre de bonne de mon cousin, avenue de Messine. Il est en mission humanitaire pour six mois.

— Je connais le coin, c'est tout près. Des voisins ? Les chambres de bonne sont mal insonorisées.

— Personne à l'étage.

— El Glaoui est en France ? demande Crâmon.

— Oui.

— Appelle-le. Dis-lui que tu veux le voir, aujourd'hui ou demain au plus tard. Tu lui donneras le motif de vive voix. On va se retrouver samedi ou dimanche en fin de soirée avenue de Messine. Réunion au sommet sous les toits. Moi, toi, lui. Personne d'autre. Secret absolu.

— Et tu fais comment pour sortir incognito du Palais ? En scooter, comme Boulende ?

— Coctel me conduira place de Narvik avec un agent de sécurité. J'alléguerai une affaire privée. Ils attendront dans la voiture en jouant sur leurs smartphones.

— Tu auras la permission de minuit de Béatrice ?

— Elle dort à cette heure.

Je voudrais bien voir ça.

C'est la nuit dans la chambre de mon cousin avenue de Messine. J'allume l'ampoule au plafond. Un lit, deux chaises, une table, un bureau en pin, une carte des migrations mondiales au mur. Il fait froid, c'est l'hiver. Je branche le chauffage électrique. El Glaoui enlève son masque chirurgical, allume la lampe d'architecte sur le bureau, éteint celle du plafond et se poste debout près de la lucarne donnant sur les toits. Il n'y a pas de rideau. Le frigidaire miniature ronronne. J'attends le signal de SMS. J'ouvre le frigidaire, le referme. Mon téléphone bipe. Crâmon est en route. Il a le code de l'immeuble. Je descends l'accueillir sous le porche. Je remonte avec lui l'escalier de service. Il ôte son masque dans la chambre. El Glaoui se tient toujours près de la lucarne. Je me pose sur une chaise. Le Président s'assoit sur le lit et prend la parole.

— Octobre 1959. On est en pleine guerre d'Algérie. Vers minuit, le sénateur Mitterrand sort de chez Lipp et rentre chez lui, rue Guynemer. Dans le rétroviseur de sa 403, il remarque une voiture tous feux éteints, qui le suit. Il accélère, l'autre voiture aussi. Il stoppe, descend de sa 403, saute dans le jardin de l'Observatoire, se cache derrière des arbustes, pendant qu'on mitraille sa voiture. Le lendemain, Mitterrand porte plainte. On soupçonne les partisans de l'Algérie française. L'affaire booste sa popularité. Il devient le héros de la lutte contre l'extrême droite. Et le serait resté si un nommé Pesquet n'avait pas lâché le morceau… C'était un faux attentat, et Mitterrand était dans la manigance !

Ronron du frigidaire.

— Qu'est-ce que vous en pensez, les gars ?

On se regarde, El Glaoui et moi. On doit en penser à peu près la même chose. Mitterrand roulait peinard en 403 dans le Paris by night des zazous. Crâmon se déplace en DS Crossback blindée dans un pays sous état d'urgence. Ne se montre que dans des lieux ultra-sécurisés depuis la gifle drômoise. Pour ses séjours à La Baule, pareil, surveillance redoublée. Donc on mettra ce delirium présidentiel sur le compte du surmenage, de la pression de la campagne, de l'adversité en présence. On oubliera ce laïus, cette divagation. On n'a même rien entendu. On ne s'est jamais vus dans cette chambre de bonne. Je vais raccompagner Crâmon sous les combles, descendre avec lui les six étages de l'escalier de service, lui entrouvrir la porte cochère, et bonsoir, Cyril, rentre bien, à demain, au Palais. Après quoi je remonterai boire une bière du frigidaire avec El Glaoui. El Glaoui qui observe présentement les toits de Paris à la lucarne, comme s'il guettait un raid héliporté.

— On a fait des travaux dans le jardin de La Baule ? demande-t-il en se retournant.

Rappel implicite des jours heureux quand il prenait l'apéro avec le couple Crâmon sur la terrasse. Association d'idées, analogie avec le jardin de l'Observatoire, et ça c'est plus ennuyeux.

— Aucun, répond Crâmon. La rénovation intérieure m'a coûté assez cher.

— Il y a une fenêtre, dit El Glaoui.

— Quelle fenêtre ?

— Une fenêtre de tir. Une trouée de 50-60 centimètres entre les deux érables sycomores au fond du jardin.

El Glaoui est même capable d'identifier les espèces d'arbres. Sécurité.

— Dans l'axe de cette trouée, à 150 mètres au nord, en perspective ascendante, il y a un petit immeuble. Une barre résidentielle, au toit plat. Un poste idéal pour un sniper. En tirant vers le bas, on tient mieux l'arme, on améliore la visée. Bien viser, pour mieux te rater.

Je pense à elle. J'interviens.

— Et si Béatrice sort dans le jardin au même moment ?

— Baba sera dans sa chambre, dit Crâmon.

— Comment peux-tu en être sûr ?

— Parce que c'est ma femme, Quentin.

El Glaoui sourit d'un air entendu.

Le Président se tourne vers lui.

— Tu ne m'avais jamais parlé de cette faille dans ma sécurité.

— J'allais le faire quand on m'a viré.

El Glaoui est allé repérer les lieux, « la barre ». Son visage est maintenant très connu. Alors teinture blonde dispersible sous la douche. Lunettes de livreur cycliste. Masque chirurgical de saison. Salopette de chauffagiste. Garer la fourgonnette sur le parking devant la barre. Prendre le sac à outils à l'arrière. Entrer dans l'immeuble. Passer devant la loge du gardien. Fermée de midi à 15 heures. Pas de vidéosurveillance dans le hall. Une chance. Emprunter l'escalier de secours jusqu'au septième étage. Reprendre son souffle. Ouvrir le cadenas Sertex de la porte d'accès au toit avec une clef Helium. Traverser la terrasse du toit. (Visible du dernier étage de la barre voisine, mais quoi de plus naturel qu'un agent de maintenance marchant vers un local de chaufferie, un sac à outils à l'épaule ?) Pas de vis-à-vis derrière la chaufferie, que l'océan et des voiles au loin. Au sud, la vue donne sur le rideau d'érables bordant le jardin de la villa des Crâmon. La trouée entre les arbres est presque visible à l'œil nu. La terrasse du toit est bordée d'un muret de protection haut de 50 centimètres. S'asseoir, ouvrir le sac cinq minutes avant l'heure dite. Assembler les éléments du fusil à lunette et le silencieux derrière le muret. Se relever à l'heure H. Crâmon sort dans le jardin. La baie vitrée explose. Le mur crache du crépi. Démonter l'arme, la ranger dans le sac. Revenir à la porte d'accès au toit. Refermer le cadenas. Descendre l'escalier de secours, repasser devant la loge, sortir de l'immeuble. Replacer le sac à l'arrière de la fourgonnette. Monter, démarrer. Durée de l'opération, 12 minutes. Sortir de la ville en évitant le centre, prendre la départementale 213, puis les nationales 171 et 165, les autoroutes 844 et 11, direction Paris. Tout va bien se passer.

Crédits

Page 17 : René Char, *Les Matinaux*, Gallimard, 1950.

P. 33 : « On dirait que ça te gêne de marcher dans la boue… On dirait que ça te gêne de dîner avec nous…. ». Les paroles de la chanson *Le Loir-et-Cher*, interprétée par Michel Delpech, sortie chez Barclay en 1976, ont été écrites par le chanteur et Jean-Michel Rivat.

P. 64 : « Ce sont les organismes qui meurent, pas la vie », Gilles Deleuze dans un entretien avec Raymond Bellour et François Ewald paru dans *Le Magazine littéraire* en 1988, repris dans *Pourparlers* aux Éditions de Minuit en 1990.

P. 107 : citation de *L'Abécédaire de Gilles Deleuze*, entretiens filmés avec Claire Parnet en 1988 et 1989, produit par Pierre-André Boutang et réalisé par Michel Pamart. Éditions Montparnasse, 2004.

P. 126 : « Je lui dirai les mots bleus… » *Les Mots bleus*, chanson composée par Christophe, paroles de Jean-Michel Jarre, sortie en 1974 chez Motors.

P. 138 : la citation est une synthèse de propos du Professeur Didier Raoult à *Valeurs Actuelles*, 17 octobre 2020.

P. 139 : René Char, *Feuillets d'Hypnos*, Gallimard, 1946.

Composition réalisée par Belle Page

Imprimé par CPI Bussière en janvier 2022
Dépôt légal : janvier 2022
N° d'impression : 2062637

81.7425.9/01

Imprimé en France